HANTEN NO SOUZOUSYU
反転の創造主
～最低スキルが反転したら、
神のスキルが発動した。
生命創造スキルで
造る僕の国～

主な登場人物
エルフリーデ・ラッツエル
ラッツエル家の第四婦人
マルティナの娘で、リンツの義妹。
気は強く、階級意識が強い。
ギフトの等級こそが
人間の価値だと信じている。
ロジー
銀髪に蒼い瞳、
褐色の肌を持つ
ラッツエル家のメイド。
美人だが、とにかく無表情。
ディートリンデ・フォン・クロイデル
中央クロイデル王の一人娘。
ジズモンド公爵家から輿入れした
母親似の美少女。
リンツ・ラッツエル
商家の生まれで、
後にラッツエル男爵に引き取られた
彩光異色《オッドアイ》の少年。
我慢強く、前向きな性格。

コゼット・マス
レオン（マルスラン）に
仕える少女。
現在は彼の副官
ということになっている。
レオン・マルスラン
中堅貴族マルスラン家の養子で、
東クロイデルの宰相。
用心深く石橋を叩いて
渡るタイプの性格。
マグダレナ・ジーベル
ジーベル伯爵家の次女。
博覧強記の天才で
ディートリンデ姫の家庭教師を務める。
実はかなりのいたずら好き。
レナ・ハイネマン
西クロイデルの貴族
ヒルフェン家の三女。
剣聖ハイネマンに剣の指導を
受けていた剣豪。
ゴドフリート
父親の代から衛兵を務める
王宮守備隊の隊長。
ミットバイセの唱える理想の国に
共感し共に反乱を起こす。

CONTENTS

反転の創造主

HANTEN NO SOUZOUSYU

～最低スキルが反転したら、
神のスキルが発動した。
生命創造スキルで
造る僕の国～

円城寺正市

イラスト
蓮禾

プロローグ　冬が来る頃に

「正気ですか？」

晩春の柔らかな陽ざしが差し込む、赤絨毯《あかじゅうたん》の廊下。

ボクの隣を歩く銀縁眼鏡の少女が、いつも通りの不機嫌そうな表情のまま、声に呆れたという感情を滲《にじ》ませた。

「真っ先にそこを疑われるっていうのも、どうなんだろうね」

ボクは思わず苦笑する。

女王陛下との会談を終え、執務室へと戻る道すがら、廊下で待機していた彼女に会談の顛末《てんまつ》を話して聞かせた結果が、これだ。

「宰相閣下自《みずか》ら、荒事《あらごと》の現場に出張《でば》る必要などないと思いますが？」

「と言っても、肝心の『装置』だって完成したわけじゃないしね。まだずいぶん先の話さ」

「時期の問題ではありません」

そう言って彼女は、なおさら不機嫌そうに足を速める。

午後の王宮は意外と慌ただしい。女官や衛兵たちに混じって、廊下を行き交う貴族たちの姿も見える。彼らのボクに対する態度はさまざま。

関わり合いにならぬよう目を逸《そ》らす者、あからさまに不愉快そうな顔をする者、まあ、どれも概《おおむ》ねマイナス方向に振り切っている。

それも当然と言えば当然。

名籍だけは立派だが跡取りのいなかった小貴族、マルスラン家。そこに養子として迎え入れられた、どこの馬の骨とも分からない若造が、たった一年足らずで自分たちの頭を飛び越して、宰相などという地位に収まったのだから、気位の高い貴族連中にしてみれば面白いわけがない。

やがて階段に差し掛かると、彼女は無言で僕の手を取った。

「悪いね」

「頭でも打って気絶されたら、運ぶのが面倒ですから」

だいぶ慣れてはきたけれど、やはり片目が造り物では、いささか遠近感が掴みにくい。そのせいでしょっちゅう階段を踏み外すものだから、最近では何も言わずとも、彼女が手を引いてくれるようになった。

「それで……その男は一体、何者なのですか？」

彼女はボクの前を歩きながら、そう問いかけてくる。

そもそも、今日ボクが女王陛下に呼び出されたのは、隣国から一人の男が訪れたせいなのだ。

「ボクだって直接会ったわけではないけれど、話を総合すると……ただの夢想家だね。その男自体は、正直どうだっていいのさ。問題はそいつが誰の伝手で、訪ねて来たかってこと。中央クロイデルの貴族で、ウチの女王陛下と懇意《こんい》な者なんて、たった一人しかいないでしょ？」

ボクがそう口にした途端、彼女は足を止めて振り返る。

「奥さま……ですか」

「そういうこと」

つまり、ボクは呼び出されるべくして呼び出されたということだ。

女王陛下はボクを大いに使い潰すつもりでいて、ボクは彼女の権力を、目的を達するための道具として利用するつもりでいる。

ボクと女王陛下の間にあるのは信頼でも親愛でもなく、そういう寒々しい打算でしかない。

「それで……ずいぶん先と仰《おっしゃ》られていましたが、いつ頃なのです？」

「そうだなぁ……冬が来る頃、かな、たぶん」

ボクの言葉が途切れるのと同時に、階段途中の窓の外、中庭にそびえ立つ木の陰で、季節外れの蝉《セミ》が、ジリッと一節だけ鳴いた。

1章　幸せな日々

「お義兄《にい》さま！　ご、ご婚約なされたというのは本当ですの！」

家庭教師のボヴァリ夫人がお帰りになった直後のこと。

淑女らしからぬ、けたたましい足音を響かせて部屋へと飛び込んできた義妹《いもうと》が、ソファーで寛《くつろ》いでいた僕の鼻先に顔を突きつけて、そう捲《まく》し立てた。

「あはは、エルフリーデは耳が早いね」

「何を呑気《のんき》なことを仰ってますのッ！」

頭の左右で結《ゆ》わえた明るい金色の髪を揺らしながら、ただでさえ釣り目がちな目を『クワッ！』と見開いて詰め寄ってくる義妹。そのあまりの剣幕に身を仰《の》け反《ぞ》らせると、専属メイドのロジーさんが、僕らの間にスッと身を差し入れて、彼女を窘《たしな》めた。

「お嬢さま。坊ちゃまは今の今まで勉学に励まれてお疲れなのです。少し落ち着いてくださいませ」

ロジーさんは僕より三つ年上の十七歳。肩までの銀髪に、この国ではとても珍しい褐色の肌と蒼星《そうせい》の如《ごと》き瞳を持つ物静かな女性だ。

いや、物静かというのは少し違うかもしれない。彼女の表情にはほとんど変化がないのだ。一年余りの付き合いではあるけれど、最近になって、ようやく僕にも彼女が喜んでいるのか、怒っているのかぐらいは分かるようになってきたところだ。

だが、そんなロジーさんの冷静さが癇《かん》に障《さわ》ったのか、エルフリーデはますます興奮気味に声を荒らげた。

「これが落ち着いていられますか！　しかも、お相手はボルツ伯爵家のアデルハイドさまだというではありませんか！」

「うん、そうらしいね」

「らしいではありませんわよっ！　あー！　もう！」

エルフリーデはもどかしげに、ジタバタと足を踏み鳴らした。

「いいですの、お義兄さま！　アデルハイドさまといえば、等級Cの『恩寵《ギフト》』しか発現出来なかった出来損ないですのよ！」

「うーん、エルフリーデ、その言い方はよくないんじゃないかな。僕もアデルハイドさまにはまだお会いしたことはないけれど、温厚でとても善い方だと聞いているよ」

「性格なんてこの際どうでもよいのです！　伯爵家の息女とはいえ、アデルハイドさまは継承権もお持ちではありませんし、輝かしい将来を約束されたお義兄さまには、どう考えても不釣り合いですわ！」

「そんなことを言われても……ね。お義父《とう》さまがお決めになったことだし。不釣り合いというなら、むしろ、こちらの方が申し訳ない気がするけどね。僕は一年前まで庶民だったのだから……」

そうなのだ。

僕──リンツ・ラッツエルは、つい一年前まで庶民だった。

庶民とは言っても、それなりに裕福な商家の一人息子だった僕は、ある日突然、馬車の事故で最愛の両親を失った。

その悲しみはあまりにも深かったけれど、僕には、それに浸《ひた》るだけの時間すら与えられなかった。現実は僕の想像を超えて、遥かにひどいものだったからだ。

葬儀の翌日から親戚を名乗る者が、幾人も、幾人も、引っ切りなしに訪ねて来ては、ああだ、こうだ、と理由をつけて家財をむしり取っていく。

情けないことだけれども、僕はまだ子供で、何も知らなかったし、何もできなかった。

そしてわけも分からないうちに、それこそ両親の残り香が消えてしまうよりも早く、住み慣れた屋敷を追い出され、夜露をしのぐ場所さえも失って、僕はただ途方に暮れた。

そして、行く当てもなく街中を彷徨《さまよ》った末に、最後に残ったわずかな小銭を浮浪児たちに掠《かす》め取られて、僕はステラブルグの路地裏で腹を空かせて座り込んだ。

そんな僕に手を差し伸べてくださったのが、このラッツエル領の領主、ラッツエル男爵さまだ。彼は路地裏で膝を抱えていた僕の手をとって、こう仰ったのだ。

「私の息子になればいい。領民は全て、私の家族も同然なのだから」

青い髭《ひげ》が印象的な男爵さまの、その慈悲深い一言に、僕は零《こぼ》れ落ちる涙を止めることができなかった。

偶然とはいえあの時、男爵さまがステラブルグの路地裏を通りかからなかったら、僕は名もない孤児の死体として、今頃、町はずれの無縁墓地《モルグ》の冷たい土の下に横たわっていたことだろう。

……とはいえ、街中には孤児など掃いて捨てるほどいるわけで。

僕から最後の小銭を掠め取っていったのも、路地裏に屯《たむろ》する浮浪児たちだったし、男爵さまが手を差し伸べてくださったあの時も、僕のすぐ傍には痩せこけた身体に病《やまい》の斑点《はんてん》を浮かび上がらせた男の子が横たわってもいた。

その中で、男爵さまがどうして僕にだけ手を差し伸べてくださったのか。その理由は貴族として日々を過ごしていく内に、次第に明らかになっていった。

それは、僕の瞳が『虹彩異色《オッドアイ》』だったからだ。

順を追って話そう。

遥か昔には一つの国であった三つの国。その内の一つ、この中央クロイデル王国には、東西のクロイデル王国とは異なる、大きな特徴があった。

それは貴族たちが持つ『恩寵《ギフト》』と呼ばれる特殊な力だ。

ある者は炎を操《あやつ》り、ある者は身体一つで宙を舞う。貴族はそんな超常の力である恩寵《ギフト》を持って生まれてくる。

いや……庶民たちは頑《かたく》なにそう信じているのだけれど、実際は貴族たちとて生まれた時点では、庶民たちとなんら変わりがない。

貴族の子女は十五歳の成人の儀式において、王族の所持する『イラストリアスの魔鏡』と呼ばれる魔力の籠《こ》もった手鏡に姿を映すことを許され、それによって恩寵《ギフト》を発現させるのだ。

聞いた話によれば、恩寵《ギフト》はAからEまでの五等級に格付けされており、この国においては、その等級こそが人の価値を決める。すなわち恩寵《ギフト》を発現させる機会すら与えられぬ庶民は家畜も同然。貴族においても、AかBの上位二等級を発現した者にしか、爵位の継承権は与えられないのだという。

そこで僕の瞳が虹彩異色《オッドアイ》であること。それが重要な意味を帯びてくる。

一般に恩寵《ギフト》は瞳に宿ると言われているが、左右の瞳の色が異なる虹彩異色《オッドアイ》のような珍しい瞳には、珍しい恩寵《ギフト》が宿る。そう信じられているのだ。

実際、この国のこれまでの歴史においても、虹彩異色《オッドアイ》を持つ者が恩寵《ギフト》を発現した際には、もれなく最上級の恩寵《ギフト》を発現しているらしい。

だから、貴族の間では虹彩異色《オッドアイ》は『神の恩寵《ギフト》に到《いた》る者』、そう呼ばれている。もちろん、庶民には知る由《よし》もないことだけれど。

等級の高い恩寵《ギフト》を持つ子女を多く抱えていれば、それは貴族としての力として評価され、それに応じて加爵されるのだという。つまり、男爵さまが僕に手を差し伸べてくださったのは、貴族としての評価を高めるため。打算でしかないわけだけれど、がっかりしたかと言われれば、答えは否《ノー》だ。

悪ガキたちには散々揶揄《からかわ》れ、近所の奥方衆にすら薄気味悪いと眉を顰《ひそ》められてきたこの瞳が、こんな風に役立つ時が来ようとは、思ってもみなかった。

かくして、僕は男爵さまの第四夫人、マルティナさまの屋敷に預けられ、そこで男爵さまとマルティナさまの娘、エルフリーデの義兄という位置付け《ポジション》を与えられた。

僕がそこに預けられた理由はおそらく、マルティナさまの出自も庶民だったからだろう。身分違いにもかかわらず、男爵さまはマルティナさまの美しさを見初《みそ》めて、第四夫人として迎え入れたのだそうだ。

義理の母となった方がマルティナさまだったことは、これもまた得難い幸運だった。彼女はいつもやさしげな微笑みを湛《たた》えていて、庶民上がりの僕を何の偏見もなく、慈《いつく》しんでくださったからだ。

一方、その娘のエルフリーデはというと、彼女は本当に貴族らしい女の子で、恩寵《ギフト》の等級こそが、その価値観の中核にあるように見えた。

それ故に最初はすごく警戒するような目で見ていた僕のことも、「虹彩異色《オッドアイ》は神の恩寵《ギフト》に到《いた》る者と呼ばれているのですよ」、マルティナさまにそう諭《さと》されると、一夜にして別人のように親しげな態度を取るようになったのだ。

現金といえば現金だけれど、よそよそしい態度を取られるよりはずっといい。

やがて彼女はお義兄さま、お義兄さまと、引っ切りなしに甘えてくるようになった。取り分け、荒天の日には僕の傍から離れようとしない。彼女は雷が殊《こと》の外《ほか》苦手なのだ。小動物のように震えて身を寄せてくる彼女の姿は、とても可愛らしかった。

ただ……甘えるのも行き過ぎて、彼女は少し前から、ちょっと困ったことを言い始めている。

「お義兄さまからも、お父さまに仰ってください！　エルフリーデを妻にほしいと！」

「いやいやいや！　無茶言わないで！　義理とはいえ、僕らは兄妹なわけだし……」

「もしかして、お義兄さまは、エルフリーデがお嫌いですの？」

「そんなはずないよ。エルフリーデは僕のかわいい義妹だもの」

「でしたら！」

エルフリーデが興奮気味に、更に僕の方へと詰め寄ろうとしたところで、ロジーさんが再びそれを遮《さえぎ》った。

「お嬢さま。坊ちゃまがお困りです」

「むぅ、ロジー……。アナタ、お義兄さまのお気に入りだからって、調子に乗ってるんじゃありませんの！」

「お気に入りと仰っていただけるのは光栄ですが、私を坊ちゃまの専属とお決めになったのは奥さまですが？」

無表情ながらも、どこか勝ち誇った様子のロジーさん。エルフリーデはそれを不満げに睨みつけると、次の瞬間、良家のお嬢さまらしからぬ素早さでロジーさんの脇を擦り抜け、勢いのままに僕の方へと飛びついてくる。

そして彼女は、思わず仰け反る僕に覆いかぶさって、自《みずか》らの唇を僕の唇へと押し付けてきた。

驚きに目を見開く僕。しっとりとした柔らかな唇の感触に、頭の芯がジンと痺《しび》れるような気がした。

「……ッ⁉」

ロジーさんの息を呑む音が頭上から降ってきて、エルフリーデは静かに唇を離す。そして、彼女はソファーにもたれ掛かる僕の膝の上に馬乗りになった状態で、恥じらうように微笑んだ。

「エ、エルフリーデ、な、なにを?」

「うふふっ……予約です。これでもう、お義兄さまはワタクシのモノですわよ」

途端に、ロジーさんがエルフリーデを羽交い絞めにして、力任せに引きはがした。

「ちょ! ちょっと! ロジー! お放しなさい!」

「坊ちゃま! お腹を壊すといけません。すぐにお口をすすいでくださいませ」

「ちょっとぉ!? 汚いものみたいに言わないでくださる! と、とにかく! お義兄さまの初めての相手はワタクシ! ワタクシですからね!」

そう言って、エルフリーデはロジーさんの手を振りほどくと、顔を真っ赤に染めたまま部屋を飛び出して行った。

「困ったやつだなぁ……」

「……はい」

僕の呟《つぶや》きに、ロジーさんが溜め息混じりに応じる。そして、彼女は僕の顔を覗《のぞ》き込むと、深い蒼の瞳で、じーっと僕の目を見つめてきた。

「それで、初めてだったのですか?」

「は？　え？　ま、まあ、そうだけど……」

「なるほど、それはいけません。坊ちゃま、それではすぐに消毒を」

そう言って、ロジーさんは唇を窄《すぼ》めて、僕の方へと顔を近づけてきた。

「え、えっ!?　ちょ、ちょっと待って!?」

僕が盛大に慌てふためくと、彼女はサッと顔を背ける。

「冗談です」

「あ、冗談。あはは……そ、そうだよね。冗談だよね」

ロジーさんは表情に乏しいので、正直、冗談かどうかの判断がつかなかった。けれど、僕の目には、顔を背けた彼女の耳が、少し赤くなっているように見えた。


僕が十五になるのは、来月のこと。

その誕生月の最後の日、僕はイラストリアスの魔鏡に身を映す機会を与えられ、恩寵《ギフト》を手に入れる。

その後も、多少騒がしくともこんな幸せな日々がずっと続いていくものだと、この時、僕はそう思っていた。

そして、一カ月後。
——僕は『最低等級の恩寵《ギフト》』を発現した。

2章　反転

深夜、馬たちが寝静まったあとの厩舎《きゅうしゃ》の隅。

カンテラの薄明かりの下で、僕はなみなみと水を湛《たた》えた桶の中を覗き込んだ。

濁《にご》った水に映る左右色の違う瞳が、つまらないものでも眺めるように、僕を見つめている。

——確かに希少ではあります。ですが……等級は、最低等級にすら届かぬかもしれませんな。

成人の儀式の日。見届け人の貴族に投げかけられたその言葉が脳裏を過《よぎ》って、僕はギュッと下唇を噛みしめた。

そんなことは、言われるまでもない。

恩寵《ギフト》を発現すれば、その力の全貌は脳裏に刻み込まれる。自分に発現したこの恩寵《ギフト》のくだらなさを、誰よりも分かっているのは僕自身なのだ。

僕に発現したこの恩寵《ギフト》の名は、『生命の小枝《レーベンライス》』。

できることと言えば——

僕は水の中に人差し指を差し入れて、恩寵《ギフト》を発動させる。すると、僕の指先の辺りに、じわじわと茶色い糸くずのようなものが現れた。

――ボウフラを一日一匹生み出せる。

役に立たないと言えば、これほど役に立たない恩寵《ギフト》も珍しい。

だが、この心底くだらない恩寵《ギフト》を手に入れるのと引き換えに、再び僕の生活は激変した。

当然のことながら男爵さまは激怒。養子縁組を解消され、屋敷を叩き出されかけたところを、マルティナさまが頼み込んでくださったお陰で、なんとか下男として屋敷に残らせてもらえることになった。

生きていく術もなく、頼る相手も、先立つものもない身としては、マルティナさまの温情には感謝しかない。だが、下男として与えられた仕事は馬の世話と御者。寝床は馬の厩舎の隅に積み上げられた藁《わら》だ。

マルティナさまは「なんとかもう少しよい待遇を……」と、そう訴えてくださったらしいのだけれど、男爵さまの顔に泥を塗った僕が追い出されなかったということだけでも、最大限の温情なのではないかと思う。

とはいえ、僕の生活は一変した。奴隷ではないけれど、給金は日々の食事代を天引きされ、月に一度の休みすらない。そしてそれ以上に厳しいのは、他の使用人たちがここぞとばかりに嫌がらせをしてくることだ。

一時のこととはいえ、ただの庶民が貴族面《きぞくづら》して、自分たちの上に居座っていたというのが面白くないのだろう。妬《ねた》み、嫉《そね》みは当然ある。

僕の分の食事がなくなっていることもあれば、通りすがりに水をぶっかけられることもある。難癖をつけられて殴られることも少なくない。お陰で、最近はいつも体のどこかに痣《あざ》が出来ていた。

「大丈夫……リンツ・ラッツエルから、ただのリンツに戻っただけさ」

カンテラの灯りの下、水鏡に映る自分自身にそう語りかける。

両親を失って、どん底に落ちたかと思ったら、幸せの絶頂。そして、再びどん底。

わずか一年の間に目まぐるしく環境が変わったせいで麻痺してしまったのかもしれないけれど、それほど落ち込んではいない……と思う。

その時——

「坊ちゃま」

背後から声を掛けられて振り向くと、建て付けの悪い厩舎の扉、それをそっと押し開けて、ロジーさんが内側へと入ってくるのが見えた。

「どうしたんです？　こんな夜更《よふ》けに」

「坊ちゃま……今夜も夕食を食べ損ねたのでしょう？　パンと、冷めてしまっておりますけれど、スープをお持ちしました」

「……ロジーさん。僕はもう、坊ちゃまじゃありませんってば」

「坊ちゃまは、坊ちゃまです」

「でも、今はエルフリ……お嬢さまの専属なんでしょう？　こんなところに来ているのを見つかったら咎《とが》められてしまいます」

エルフリーデの名前が出た途端、彼女の、表情の乏しいその顔に翳《かげ》が落ちる気配がした。

「使用人たちが坊ちゃまに冷たく当たるのは、お嬢さまがそう指図しておられるからです。もちろん私にも……」

知ってる。それは全くもって、意外でもなんでもない。

恩寵《ギフト》の等級こそが、彼女にとっての人間の価値なのだ。ましてや初めての口づけを捧げた相手が最低等級の人間だったというのは、エルフリーデにとって消し去りたい過去なのだろう。

「それなら、ますますこんなところに来ちゃいけませんってば」

「でも、坊ちゃまは何も悪くありません」

「……ありがとう。でも、僕のことは気にしないで。関わるとロジーさんにとってもよくないことになると思う。なにせ、僕はエルフリーデの嫌う最低等級の恩寵所持者《ギフトホルダー》だからね」

そう言って、自嘲気味に微笑むと、ロジーさんはいつもどおりの無表情な顔を、僕の鼻先へと突きつけてきた。

「な、なに？」

「坊ちゃま、手をお出しください」

ロジーさんの表情は変わらない。だが、彼女の声音《こわね》には、どこか怒っているような、そんな響きがあった。

恐る恐る手を差し出すと、彼女がサッと僕の手を取る。その途端、

「痛っ！」

ピリッと、針で突かれたような痛みが指先に走って、僕は慌てて手を引っ込めた。

「な、何なんです？」

「これが私の恩寵《ギフト》──『微電《ブリッツクライン》』です。等級はE。坊ちゃまと同じです」

「恩寵《ギフト》!?　……なんで？　だって恩寵《ギフト》は貴族にしか……」

「だから、同じだと申しております。私はさる貴族の妾腹《しょうふく》の子として生まれました。もしかしたら高等級の恩寵《ギフト》を発現させるかもしれないと、市井《しせい》にて暮らしておったところを、それまで顔を見たこともなかった父親の下《もと》に引き取られたのです。ですが……恩寵《ギフト》を発現した途端、出ていかねばならなくなりました。当然です。妾腹の子である上に、等級はEなのですから」

見逃してしまいそうなほど小さな変化ではあったけれど、彼女の口元が自嘲気味に歪《ゆが》んだ。

「ですが、幸いにもその日、たまたま父の下を訪れておられたマルティナさまが、私のことを

憐《あわ》れんで、メイドとしてここに置いてくださったのです」

「そう……なんだ」

「はい。いかがですか？　同じ境遇の者がいると思えば、慰められなくとも、多少、気は楽になるものです。坊ちゃまの傍には、このロジーがいることをお忘れにならないでください」

そう言って彼女は静かに僕を抱き寄せて、そして、帰っていった。

ロジーさんが帰ったあと、僕は彼女が残していったパンに噛《かじ》り付く。

スープは確かに冷めていて、少ししょっぱい味がした。

◆◇◆◇◆

あれから時は過ぎて、冬が来た。

時は廻《めぐ》り、季節が変わっても、僕を巡《めぐ》る状況に大きな変化はない。

周囲の扱いは相変わらず冷たいけれど、最近は嫌がらせを受ける頻度《ひんど》も減ってきたような気がする。もしかしたら、皆もだんだん飽きてきたのかもしれない。

ロジーさんは、今でも時々、深夜に食べ物を持ってきてくれる。

どうして彼女がそこまでしてくれるのかは分からないけれど、彼女がいなければ僕の心はとうの昔に折れていたかもしれない。

彼女の話によると、先日、エルフリーデが等級Aの恩寵《ギフト》を発現させたそうだ。

わずかな間であったにしろ、彼女の義兄《あに》だった身としては、心から祝福すべきなのだろう。

……けれど、胸の辺りがひどくモヤモヤした。たぶん嫉妬《しっと》しているのだと思う。どうやら僕は、どうしようもなく心が狭いらしい。

それにしても、貴族と庶民、恩寵《ギフト》を持つ者と持たざる者。たったそれだけの違いが人間の価値を分かつのだ。庶民は庶民として、貴族は貴族として、それを当たり前のように受け止めているけれど、その両方を行き来したせいで、今の僕にはそれがどうにも滑稽なことのように思えて仕方がなかった。

だが、僕の胸の内などとは何の関係もなく、エルフリーデはラッツエル男爵家の子女で初めての等級A。これで次期当主は、彼女にほぼ決まりだろう。

今となっては、エルフリーデと顔を合わせることなんて滅多にないのだけれど、たまたま出くわしてしまった時には、彼女は必ずと言っていいほど、親の仇《かたき》を見るような顔をしてこう宣言する。

「私が当主になった暁《あかつき》には、お母さまがなんと仰ろうと、必ず追い出してさしあげますわ」

僕がここを追い出されるのも、それほど遠い日のことではないのかもしれない。

まあ、追い出されたあとと今とでは、どちらがつらいのかは分からないけれど。

そして年が明け、運命の日がやってきた。

◆◇◆◇◆

「全く、お母さまったら、どういうおつもりなのかしら」

エルフリーデの不機嫌な声が、背後のキャビンから聞こえてきた。

雪でぬかるんだ街道。僕は今、手綱《たづな》を握って、王都へと馬車を走らせている。

王都ブライエンバッハまでは、馬車で約半日の行程。雪で多少の遅れは出ているけれど、それでも、日暮れ前には到着できる見込みだ。

僕が操っているのは、普段担当している荷馬車《ワゴン》ではない。

エルフリーデ専用の高級馬車《キャリッジ》だ。

御者とお嬢さまという立場の違いはともかく、僕とエルフリーデが同じ馬車に同乗しているという事実に、僕自身凄まじい違和感を覚えている。

もちろん、そんな状況になったのには理由がある。

一年の始まりである柘榴石《ガーネット》の月の七日。王宮では国王陛下主催の、新年を寿《ことほ》ぐ夜会が執《と》り行われる。

一部の例外を除いて、上位二等級の恩寵《ギフト》を持つ者は、この夜会への参加を義務付けられているため、この日、国中の主要な貴族が一堂に会することになるのだ。

無論、等級Aの恩寵《ギフト》を発現させたエルフリーデは参加しなくてはならないわけだけれど、マルティナさまは従者としてロジーさんを、そして、なぜか御者として僕を連れていくよう仰られたのだとか。

長らくお会いしてはいないけれど、あのおやさしいマルティナさまのことだ。エルフリーデが僕を目の仇にしている現状を憂《うれ》いて、仲よくなるきっかけを与えようとでも、お考えなのかもしれない。

でもそれは、どう考えても無理な話だ。実際――

「こんな晴れの舞台に、出来損ないと一緒に出掛けなくてはいけないなんて、最悪！　最ぃぃ悪ですわ！　顔も見たくありませんのに！」

背後のキャビンから、聞えよがしに悪態をつくエルフリーデの声が聞こえてくる。

もっとも、エルフリーデとロジーさんが夜会に出ている間、僕は外の馬車で待っているだけなのだから、そこまで嫌がらなくてもいいじゃないか、という気持ちにもなる。もちろん口には出さないけれど。

「はぁ……」

思わず零れ落ちた溜め息が、瞬時に白く凍り付いた。

早朝から降り始めた雪は、しんしんと降り続いている。

この辺りに降る粉雪は、粒が小さくて積もりにくいとはいえ、このまま止まずに降り続けば、帰る頃には、多少、積もっているかもしれない。帰り道も問題なく走れればいいのだけれど。

やがて、僕らを乗せた馬車は、王都ブライエンバッハへと辿り着く。そして、王都の街中を走り抜け、王宮の門をくぐると、そこには既にたくさんの馬車が停車していた。

流石《さすが》は国王陛下主催の夜会といったところだろうか、どれも金細工で飾り立てられた派手派手しい高級馬車《キャリッジ》ばかりだ。

僕は衛兵に誘導されるままに、迎賓館の斜向《はすむ》かいに設けられた臨時の停車場で馬車を停めると、慌ただしく御者台から降りて、キャビンの扉を開いた。

最初にロジーさんが降りてきて傘を開き、次に薄桃色の華やかなドレスを纏《まと》ったエルフリーデが降りてくる。

普通なら「ご苦労さま」だとか、そう言った労《ねぎら》いの言葉の一つもあるのだろうが、もちろんそんなものはない。あるわけがない。

エルフリーデはムスッとした顔をして、僕を睨みつけたあと、何かを思いついたかのように、ニタッと口元を歪ませた。

……また何か、嫌がらせでも思いついたのかもしれない。

「出来損ない！　アナタはそこで大人しく待っていなさい。あー、そうそう、キャビンには絶対入らないでよね！　アナタの臭いが移ったら、臭くてかないませんもの」

そう言い捨てると、エルフリーデはスタスタと迎賓館の方へと歩き出す。ロジーさんは、ちらりと心配そうな目をこちらに向けたあと、小走りに彼女を追っていった。

「はぁ……」

今日は、朝から溜め息ばかり吐《つ》いているような気がする。

周囲を見回せば、今朝から降り続いた雪のせいで、植え込みが真っ白に染まっている。まだ夕暮れどきだというのに、厚い雲に覆われた空は夜半のように昏《くら》く、衛兵たちが松明《たいまつ》を手に、篝火《かがりび》に火を灯し始めていた。

そのまま、停車している周囲の馬車へと視線を移していくと、キャビンで寛いでいる御者たちの姿が見えた。まあ、普通はそうだろう。でも、僕にはそれが許されていない。

曇った夜空からしんしんと降りしきる雪。屋根のない御者席で、僕は自分の身を抱えて、ただ寒さを堪《こら》える。寒い。かたかたと奥歯が音を立てた。馬車を操っている間ならともかく、薄い野良着一つでじっとしているのは、流石に堪《こた》える。

そのまま一刻（約一時間）、二刻と時間が過ぎていくにつれて、身体の感覚が鈍っていくのが分かる。

思わずウトウトとしかけたところで、

「おい、お前！　そんなところで何をしている！　どうしてキャビンに入らないんだ！」

甲冑姿の大柄な男が、僕の顔を覗き込んできた。

短く刈り込んだ髪に角ばった輪郭。野生動物みたいな男臭い顔つきとは裏腹に、その男の身なりは、他の衛兵たちに比べても、かなりよいものだった。

「……お嬢さまに、キャビンには入るなと言われてるので」

「バカな！　凍死してしまうぞ！」

彼は腹立たしげにそう吐き捨てると、近くにいた衛兵に、

「詰め所から毛布を持ってきてやれ！　あと何か温かい飲み物を！」

そう命じて、僕の手を握った。

「私の名はゴドフリート。王宮守備隊の隊長だ。お前、名前は？」

「リンツ……です」

「よし、リンツ。もうしばらくの辛抱だ。人を人とも思わない貴族の連中には、すぐに天罰が下る。いつまでもこんなことが続くわけじゃないぞ」

「あ、ありがとうございます」

　彼は本気で怒っていた。この人はとても善い人なんだろう。僕のために怒ってくれているのだ。もちろん気休めでしかないのだけれど、それでも、見ず知らずの僕なんかのことを気にかけてくれたことが、とても、とても嬉しかった。

　衛兵の持ってきてくれた毛布と温かいマルマ茶を受け取ったのを見届けると、彼は僕の方へと小さな袋を放り投げてきた。

「向日葵《ひまわり》の種だ。大して腹の足しにはならんかもしれんが、食え」

「あ、ありがとうございま……す」

　そして、彼は僕の頭を乱暴に撫でると、足早にどこかに行ってしまった。

　温かいマルマ茶をすすると、口から入ったそれが、身体のどこを通っているのかが分かるような気がした。本当に身体中冷え切っていたのだと思う。ホッと一息ついて、僕は空を見上げる。いつのまにか、雪はずいぶん小降りになっていた。

　それにしても……周囲はずいぶん物々しい。

　自分のことで精一杯だったせいで、今の今まで全く気が付かなかったけれど、衛兵の数が多すぎるような、そんな気がした。時間を追うごとに数が増えているようにも思える。全身甲冑《フルプレート》を着込んだ重装備の一団もいて、ピリピリと張り詰めた空気が漂っていた。

国王陛下主催の夜会ともなれば、こんなに物々しい警護が必要なのだろうか。

そして、更に一刻ほども経った頃、ロジーさんが迎賓館の方からこちらへと歩いてくるのが見えた。もう夜会は終わりなのだろうか？　それにしては、彼女の背後にエルフリーデの姿はなく、他に迎賓館の方から出てくる者も見当たらない。

「お帰りなさい。夜会はもう終わりですか？」

僕が御者台から降りて問いかけると、彼女は無言のまま、じっと僕を見つめてくる。その表情には、いつも通り変化はないのだけれど、どこか思いつめたような雰囲気を漂わせていた。

「坊ちゃま。私と一緒にここから逃げてください」

「ちょ、ちょっと待ってください、ロジーさん。どうしたんです、突然」

「お嬢さまは坊ちゃまのことを、貴族皆の前で笑いものにするおつもりです」

「笑いもの？　笑いものって、どういう……」

「お嬢さまが国王陛下にお話しされたのです。虹彩異色《オッドアイ》であるにもかかわらず、最低等級の恩寵《ギフト》を発現してしまった出来損ないがいると。すると、国王陛下は殊《こと》の外《ほか》面白がられて、『それは、ぜひ見てみたい』そう仰られたのです。そしてお嬢さまは、私に坊ちゃまを連れてこいと……」

なるほど、さっきエルフリーデがニヤついていた理由が分かったような気がした。

僕は思わず苦笑する。いや、苦笑するしかない。逃げ出したいのは山々だけれど、どこにも行く当てはないし、何よりロジーさんを巻き込むわけにはいかない。

僕は変化のないその表情とは裏腹に、爪が食い込むほどに握りしめられたロジーさんの拳を両手で包み込んで、精一杯の笑顔を作る。

「大丈夫です、ロジーさん。僕はただの庶民ですから、傷つくような誇りもありませんし……。むしろ、笑われたって全然平気なところを見せて、あいつをがっかりさせてやりましょう」

「坊ちゃま……」

僕は、そのまま彼女の手を引いて、迎賓館の入り口へと向かう。

入り口から、真っ直ぐに伸びる豪奢《ごうしゃ》な赤絨毯の廊下。その突き当たりの大きな扉の前に辿り着くと、ロジーさんは声を震わせて言った。

「坊ちゃま……本当によろしいのですか？」

「大丈夫。心配しないで」

僕が微笑みかけると、彼女は静かに目を閉じたあと、意を決するように扉を押し開けた。

途端に、さまざまな音が廊下へと溢れ出てくる。

それは、人々の笑いさざめく声と、華やかなチェンバロの音色。

扉の向こう側には、ご婦人方の色とりどりのドレスが華やぎ、豪奢な調度品の数々が、シャンデリアの灯りを反射してキラキラと光を放っている。

扉を隔てて此方《こちら》と向こうでは、別世界のようだった。

僕は自分の恰好の見すぼらしさに、気後れしそうになるのを堪えながら、意を決して扉の向こう側へと足を踏み入れる。そして、ホールの奥へとゆっくりと歩みを進めながら周囲を見回した。

どこもかしこも貴族らしい華やかな男女の姿。

僕の姿を目にした貴族たちは、好奇の視線を向けたあと、決まって眉を顰める。

場違いなのは、僕だって分かっている。

もし、僕が貴族のままであったなら、彼らと同じような顔をしたのだろうか？　分からない。分からないけれど、「そんなことはない」と断言できるほど、自分が善い人間だとも思っていない。

ホールの中央では、男女が手を取り合って踊っていた。

その周囲で談笑する人々の中には、ロジーさんと同じようなメイド服の女性の姿もある。彼女たちは話の輪には加わらず、主《あるじ》と思われる者の傍に静かに控えていた。

「そこでワタクシは恩寵《ギフト》を発動させたのです。我が恩寵《ギフト》、『灼熱の鉄槌《グリューエン・ヒュンメル》』をね。そして、一瞬にして三千もの兵を燃やし尽くし、ローデンヌ戦役は我が軍の大勝にて幕を閉じたのです」

「素晴らしい！　流石はローデンヌの英雄、ベルメン子爵ですな！」

漏れ聞こえてくるのは自身の恩寵《ギフト》の自慢話ばかり。

右も左も同じような光景だ。だが、その中で一人。明らかに浮いた出で立《い》ちの女性が、壁にもたれ掛かっているのが見えた。

年の頃は、おそらく十七か十八。燃えるような赤毛を後ろで一つに纏《まと》めた、すらりとした体形の女性だ。この国では赤毛は珍しいけれど、それ以上に目を引いたのは彼女の恰好。男物のような碧瑠璃《へきるり》の短衣《チュニック》に銀の胸甲《ブレストプレート》。腰には緩やかに湾曲した剣を佩《は》いている。

僕と彼女は、同じように不思議そうな顔をして、互いのことを見ていた。

彼女にしてみれば不本意かもしれないけれど、場違い仲間である。僕がなんとも意味不明な親近感を覚えて口元を緩めると、彼女はますます不思議そうな顔をして、首を傾げた。

「坊ちゃま……あちらです」

ロジーさんは僕の手を引いて、ホールの一番奥に集まっている人の群れ、その中にいるエルフリーデの下へと歩み寄る。

そして、「連れて参りました」。ロジーさんがそう声を掛けると、エルフリーデは僕を一瞥《いちべつ》して、いきなり怒鳴りつけてきた。

「なにをぼうっと突っ立ってますの！　国王陛下の御前ですわよ！」

目の前の豪奢な椅子に座っている小太りの男性。

その姿に気付いて、僕は慌てて跪《ひざまず》く。

国王陛下のお姿を拝見したことなどないけれど、間違いないだろう。

「ラッツエル嬢。其方《そなた》が申しておった者とは、この少年のことかな？」

「はい、左様にございます」

「ふむ、少年。面《おもて》を上げよ」

「は、はい」

僕が顔を上げた途端、国王陛下の周囲に侍《はべ》っていた貴族たちの間で、風に揺れる葦《あし》のような、ザワッという声が広がった。

「あれが……虹彩異色《オッドアイ》」

「ワタクシ、初めて拝見いたしましたわ」

周囲の貴族たちが口々に囁《ささや》き合う声を気に掛ける様子もなく、国王陛下は「ふむ」と一つ頷《うなず》いて、エルフリーデへと問いかけた。

「虹彩異色《オッドアイ》を持つ者は、『神の恩寵《ギフト》へと到る者』。そう呼ばれておるのだったな」

「左様でございます。我が国の歴史において虹彩異色《オッドアイ》の者が恩寵《ギフト》を発現させた際には、常に等級A、それも他の者とは異なる、希少な恩寵《ギフト》が発現しております」

「ふむ」

「ですが！　この男に発現したのは最低等級のE。正確には、それにも届かぬほどのくだらない恩寵《ギフト》でございます」

　エルフリーデの芝居がかった物言い。それを境に周囲の貴族たちのざわめきの中に、どこか嘲《あざけ》るような笑い声が混じり始めた。

　──大丈夫。今更こんなことぐらいじゃ、なんとも思わないから。

　僕がロジーさんへ微笑みかけると、エルフリーデが不愉快げに睨みつけてくる。

「ふむ」

　国王陛下は一つ頷くと、なぜか不思議そうな顔をして、僕の方へと問いかけてきた。

「少年。お前はなぜ、そんなくだらぬ恩寵《ギフト》を得ようと思ったのだ？」

「……え？」

　この時僕は、たぶん、かなり間抜けな顔をしたのだと思う。

　だって仕方ないじゃないか。正直、「何言ってんの？」としか言いようがない。僕だって、好き好《この》んで最低等級の恩寵《ギフト》を発現させたわけではないのだから。

　だが、

「無礼者！　さっさと陛下の御下問《ごかもん》にお答えせぬか！」

背後にいた貴族に背中を蹴り飛ばされて、僕は大理石の床に額をぶつける。

「坊ちゃま！」

「ロジー！　引っ込んでなさい！」

頭上からはロジーさんの悲鳴じみた声と、それを怒鳴りつけるエルフリーデの声が聞こえてきた。

いけない。このままじゃロジーさんを巻き込んでしまう。

僕は慌てて身を起こそうとした。だが、その頭を誰かが足で踏みつけにする。グリグリと踏みにじられる痛みに、僕は思わず呻《うめ》き声を洩らした。

「全く、クズみたいな恩寵《ギフト》だけでは飽き足らず、まともな受け答えもできないなんて、どれだけ我がラッツエル家の家名に泥を塗れば気が済むのでしょうね。このクズは！　一時のこととはいえ、こんな出来損ないをお義兄さまなどと呼んでいたかと思うと、虫酸《むしず》が走りますわ」

頭上から聞こえてくるのはエルフリーデの声。周りからは、貴族たちのせせら笑う声が聞こえてくる。それに混じってロジーさんのしゃくり上げるような、か細い声が聞こえてきた。

「ああ……坊ちゃま」

――大丈夫、大丈夫だよ。僕は平気だから。

胸の内でそう唱えながら、僕は身を固くして、必死に堪える。

頭を踏みつけられながらも、わずかに顔を横に向けると、蔑《さげす》むような笑いを浮かべる貴族たちの向こうに、先ほどの赤毛の女性の姿が垣間《かいま》見えた。彼女はなぜか怒ったような顔をして、こちらを凝視していた。

「あはは！　どう？　自分がどれだけ惨《みじ》めな存在か身に染みたかしら？　生きてる価値なんてない。そう思うでしょ？　死にたくなってきたわよね？　ねぇ、そうでしょう？」

エルフリーデの声が一層楽しげな響きを帯びて、僕を踏みつけにするヒールに、更に体重が掛かりはじめた。

いくらエルフリーデの体重が軽いとは言っても、尖ったヒールで踏みつけられては堪《たま》ったものではない。ミシミシという自分の頭蓋骨が軋《きし》む音を聞きながら、僕は唇を噛みしめる。

だが、その時――

「おやめなさい！」

周りを取り囲む貴族たちの間から、凛《りん》とした少女の声が響き渡った。

「ひ、姫さま!?」

「エルフリーデ・ラッツエル。その足をおどけなさい！」

頭上でエルフリーデの困惑するような声がして、後頭部を踏みつけにしていた彼女の足の重みが消えた。

僕はそっと顔を上げて、声が聞こえた方向を仰ぎ見る。

そこにいたのは、白の上品なドレスを纏った可憐な少女。

真珠を溶かし込んだかのような白い肌と、上品に編み上げられた金色の髪。晴れ渡る空の如《ごと》き淡い蒼の瞳に、花弁《はなびら》にも似た薄桃色の唇。年齢はたぶん僕よりも年下、おそらく十三か十四といったところだろう。顔立ちはどこかあどけないが、その表情には、凛とした威厳が漂っていた。

エルフリーデが『姫さま』と呼んだことから察するに、おそらく彼女が『妖精姫《ニンフェ》』と名高い、ディートリンデ姫なのだろう。

聡明にして可憐。噂に聞いたところでは、十歳になった時点で、東西のクロイデル王子が揃って婚約を申し入れるほどの美貌。更には、それをあっさりと袖《そで》にするほどの豪胆さの持ち主として、庶民の間で彼女のことが話題に上らない日はない。もっとも、それは大抵、家庭教師が揃って匙《さじ》を投げた虚《うつ》け者、他に男児がいなかったおかげで玉座につけただけの愚か者と、陰で笑われている国王陛下との対比としてではあったけれど。

ただ、彼女の美しさが、その噂に違《たが》わぬものであることは、実際に目にしてよく分かった。

「人を足蹴《あしげ》にするなど、淑女にあるまじき行為ではありませんか？　エルフリーデ・ラッツエル」

「で、ですが、姫さま。この男は、我がラッツエル家の家名に泥を塗った愚か者で……」

「………いいでしょう。彼を足蹴にするのは、あなた方、ラッツエル家の家内のことだといたしましょう。ならば、あなたのその私怨を晴らすためにこの公《おおやけ》の場を用いる、それに、どんな正当な理由があるのか、言ってごらんなさい！」

「ッ……!? も、申し訳ございません」

しゅんと項垂《うなだ》れるエルフリーデの姿に、僕は思わず目を丸くする。

これには正直驚かされた。あの気の強いエルフリーデが、いくら地位の高い女性とはいえ、年下の少女に、あっさりとやり込められたのだ。

そして、ディートリンデ姫は、次に国王陛下の方へと鋭い視線を向けた。

「お父さまもお父さまです。民は国の礎《いしずえ》。一人ひとりを大切に扱うからこそ、彼らは王を王として戴《いただ》くのです。弱き者を嘲笑《あざわら》うような王を、誰が慶《よろこ》びましょうか！」

「むっ……」

娘に説教をされて、国王陛下が何かを喉に詰めたかのように口籠《くちご》もると、途端に白けた雰囲気が貴族たちの間に広がっていく。

どうやら、王族にもまともな人間がいたらしい。

でも……大丈夫かな？　思わず、そんな思いが僕の脳裏をかすめる。

正論で相手をやり込めるようなやり方は、時に無用な反発を生むものだ。

するとと案の定、国王陛下の顔色が、次第に朱色へと染まっていくのが見えた。

「姫！　父に向かって何たる物言い！　お前は民のお陰で余が王でいられるとでも言うのか！」

「当然です」

「な!?　ぬ、ぬぬぬっ……。そうか！　あの女のせいか！　あんな女を教師になど付けたせいで、姫が余に逆らうようになったのだな！」

「先生は関係ありません！　お父さま、なぜ、こんな自明のことがお分かりになりませんの！　こんなことを繰り返していては、人心は離れ、亡国の道を辿るばかりだというのに！」

「む、むむむむ！」

国王陛下の顔色は朱色を通り越して赤黒くなり、周囲の貴族たちは巻き添えを恐れて、一歩一歩と後ずさっていく。

睨みあう父と娘の視線が僕の真上を飛び交って、一触即発の空気が周囲に充満した。

いつの間にかチェンバロの音色も途絶えて、ホールはしんと静まり返っている。貴族たちは息を呑んで、この国で最も地位の高い親子の喧嘩《けんか》の行方を見守っていた。

その爆心地とも言うべき場所に蹲《うずくま》っている僕は、一体どんな状況になっているのかと、ちらりと顔を上げて、国王陛下の様子を盗み見る。

その時、国王陛下の視線が、僕の方へと動くのが見えた。

――あ、マズい……。

そう思った時には、もう遅かった。

「貴様のせいだぁあ――――！」

国王陛下はやおらに玉座から立ち上がり、僕の方へと声を荒らげて迫ってくる。それは、流石に予想外だったのだろう、思わず目を見開くディートリンデ姫。貴族たちは首を竦《すく》め、僕は「ひっ⁉」と喉の奥に声を詰めて、再び額を床へと擦《こす》り付けた。

「この汚らしい者のせいで、姫がまた世迷い言を申すこととなったのだ！　誰ぞ！　誰ぞ、この者を摘《つ》まみだせ！　いや、かまわん！　今すぐ処刑してしまえ！」

途端に貴族たちの間から、安堵の溜め息が漏れ聞こえてくる。

完全な八つ当たりだというのは、きっと誰もが分かっている。もしかしたら、国王陛下自身にも自覚があるのかもしれない。

それでも怒りの矛先が最も無難な者に向いたのだ。貴族たちがホッとするのも当然だろう。

「おやめください！　お父さま！　お父さまはそんなことが私のためだと、本気でお思いなのですか！」

「お前はあの女に騙されておるのだ！　ディートリンデよ！　王族のお前が、こんな汚らしい者に情けをかけること、その愚かしさを知らねばならぬ！」

笑いものにされるぐらいの覚悟はしてきたが、それを大きく飛び越して、まさか処刑されることになろうとは……。

ここまで運が悪いと、僕だって流石に諦めもつく。うん、ひどい人生だったな。もはや取り乱す気力もない。むしろ、なんだかちょっと笑えてきた。

「さあ！　立て！」

王に取り入る好機だとでも思ったのだろうか、二人の貴族が、嬉々として僕の両脇を掴んで立ち上がらせる。

「あなたたち、その手をお放しなさい！　私の言うことが聞けませんの！」

姫さまが声を荒らげるのとほぼ同時に、ロジーさんが僕の右腕を掴んでいた貴族へと飛びかかった。

「坊ちゃまを放せ！」

「な、なんだ、お前は！　この無礼者！」

この貴族は、おそらく身体強化系の恩寵《ギフト》の所持者なのだろう。泣きじゃくる子供のように飛びかかってくるロジーさんの腕を掴むと、それを、いともたやすく片手で投げ捨てた。

「ロジーさん！　大丈夫、僕は大丈夫ですから！」

自分で言っておかしいことぐらい分かっている。これから処刑されようというのに、何がどう大丈夫だというのだろう。

周囲の貴族たちは、興味津々といった目をこちらに向けていた。それこそ余興を楽しむような、そんな目だ。そういえば、壁際にいた赤毛の女性の姿が見当たらない。意外だったのはエルフリーデが顔を真っ青にして、ガタガタと震えていること。まさか、こんなことになるとは思っていなかったのだろう。なんだよ。いつもみたいに憎たらしくニヤニヤしててくれた方が、僕としても気が楽なんだけど。

「ほら！　行くぞ！」

両腕を掴んだ貴族が、扉の方へと、僕を引き摺り始める。

「坊ちゃま！　坊ちゃまぁあ――――！」

床の上に倒れ込んだままのロジーさんが、悲痛な声を上げたその瞬間――

【世界が反転した】

それは、あまりにも唐突だった。

最初は眩暈《めまい》かと思った。身体は揺れているのに、テーブルもシャンデリアも国王陛下の背後

の玉座も、ピクリとも動いてはいない。

だが、身体の内側から生じたうねりは、少しも収まる気配はなく、刻一刻と大きくなっていくばかり。激しく脳を揺さぶられるような不快感の中で、グニャリと視界が歪んで、目の前の風景、その色彩が色褪《いろあ》せていく。次々に白と黒《モノクローム》へと変わっていく。

「ううっ……」

僕が思わず呻き声を洩らしたのとほぼ同時に、『ピィイン！』と金属が弾け飛ぶような甲高い音が響いて、空気が激しく震えた。幾重にも響き渡るその金属音に合わせて、景色は、まるで水面に石を放り込んだ直後のように波立ち、やがて何事もなかったかのように元へと戻っていった。

「な……なんだ？」

僕は口元を押さえて吐き気を堪えながら、恐る恐る周囲を見回した。

ホールはしんと静まり返り、微かな呻き声だけが、至る所から聞こえてくる。

見れば、僕の両脇を抱えていた貴族たちも、頭を抱えて床に蹲《うずくま》っていた。

「な、なんだったのだ、一体！」

静寂を破ったのは、国王陛下の声だった。

陛下が声を荒らげると、周囲の貴族たちの戸惑いの声が、風にざわめく木の葉のように、一斉にホールに反響する。

そして、そんな雑音を切り裂くように、

「いやぁぁぁぁあああ――――！」

女の子の甲高い悲鳴が響き渡った。

悲鳴が聞こえた方へと目を向ければ、そこには、エルフリーデの泣き喚《わめ》く姿がある。

「わ、私の恩寵《ギフト》が！　せっかく、手に入れた大切な恩寵《ギフト》が！」

半狂乱のエルフリーデが、喉を掻《か》きむしるように声を上げるのと前後して、

「ば、バカな！　わ、わしの恩寵《ギフト》が等級Eになっているだと！」

「ワタクシもD!?　そんな！」

「な、なんでこんなことに!?」

至る所から驚きと戸惑い、嘆《なげ》きとたじろぎの色に染まった声が響き渡る。

ホールの内側は混乱の渦に呑み込まれ、もはや貴族たちの誰一人として、僕のことになど構っていられるような状況ではなくなった。

「そんな……バカな、あはは、あり得ない。この私がDだなんて」

すぐ傍にいた貴族が、その場に力なく座り込むのを眺めながら、僕は静かに身を起こした。

なんだ？　本当に、何が起こっているんだ？

貴族たちの嘆きの声を聞く限り、彼らの恩寵《ギフト》が、軒並み低等級へと落ちた。そういう風に受け取れる。

だが、本当にそんなことが起こり得るのだろうか？

常識で言えば、一度発現した恩寵《ギフト》の等級は、どれだけ努力を重ねようとも、どれだけ怠《なま》けようとも、上がりもしなければ下がりもしないはずなのだ。

その時、

「おい、お前！　逃げるなら今だ。立てるか？」

困惑する僕の方へと、手を差し伸べてくる人物がいた。

それは、先ほど壁際にもたれ掛かっていた赤毛の女性。勝手ながら、場違い仲間に認定した、あの女の人だった。

「い、一体、何が起こってるんですか？」

「知るかよ」

彼女は、ぶっきらぼうにそう吐き捨てる。

「が……もしかしたら天罰ってやつかもしれねぇな」

「天罰？」

「実際、天罰の一つや二つじゃ生温《なまぬる》いだろうよ。お前に対するこの連中のやりようには、オレも腹を据えかねてたんだ。お前が外に連れ出されるのを待って、助けてやるつもりだったんだが、どうやらその必要もなくなったみてぇだな」

そう言って、彼女は僕の手を取ると、「逃げるぞ！」と、力任せにひっぱり始めた。

「ちょ、ちょっと待ってください」

「あん？」

僕がその手を振りほどくと、彼女は不愉快げに片眉を釣り上げて睨みつけてくる。

「す、すみません。でも、ロジーさんを置いて、僕だけ逃げるわけには……」

「ロジーさん？　ああ、あのメイド嬢か。よし、連れてこい。このだだっ広いホールの中で、まともなのはお前とオレ、メイド嬢。それとあのお姫さまだけだ。あとは皆、恩寵《ギフト》の力に魅入られたクソ野郎どもだからな」

「ありがとうございます！」

僕は慌ただしく頭を下げると、倒れ込んだままのロジーさんの方へと駆け寄った。

「ロジーさん！　大丈夫ですか？」

「はい、坊ちゃまこそ……」

結局、僕は彼女を巻き込んでしまった。

僕を守るためとはいえ、貴族に掴みかかった彼女も、もはや只では済まないだろう。

……ならば、今度は僕がロジーさんを守る番だ。

「ロジーさん！　僕と一緒に逃げてください！」

僕が手を差し伸べると、彼女はじっとその手を見つめたあと、「はい」と小さく頷いた。

相変わらずの無表情ではあったけれど、彼女の態度にはどこかホッとしたような雰囲気が見て取れる。だが、彼女が僕の手をとったその瞬間、ホールの入り口の方から突然、けたたましい音が響いてきた。

反射的に音がした方へ目を向けると、王宮の周囲を護衛していたはずの衛兵たちが、肩に積もった雪もそのままに、扉を蹴破って次々とホールの中へと雪崩《なだ》れ込んで来るのが見えた。

何が起こったのか分からなかったのだろう、貴族たちのざわめきがピタリと止んで、呆気《あっけ》に取られたような空気がホールに漂う。

だが、それも一瞬のこと。

「お、おい！　ここは、貴様らなんぞが足を踏み入れていい場所ではないぞ！」

扉の近くにいた貴族の一人が、手近な衛兵を怒鳴りつけると、衛兵は無言のままに、手にした槍でその貴族の胸を貫いたのだ。

「きゃぁあああ――――！」

騒然とするホール。ご婦人方の甲高い悲鳴を皮切りに、衛兵たちは次々と手近な貴族たちへと襲いかかっていく。

つい先ほどまで華やかな音楽とダンスに彩られていたホールが、阿鼻叫喚《あびきょうかん》の悲鳴と血しぶきで塗り替えられていく。

無論、貴族たちも全く抵抗しなかったわけではない。

先ほど、恩寵《ギフト》を自慢していた貴族が、迫りくる衛兵に向かって勢いよく腕を突き出すのが見えた。だが、その掌《てのひら》から噴き出たのは、微かな火花のみ。

「そんな馬鹿な！　ワ、ワタシはローデンヌの英雄だぞ！　それが、こんなぁあああ！」

結局、その貴族は恨みがましい絶叫と共に、為すすべもなく槍に貫かれて、フロアへと倒れ込んだ。

まさに鶏舎に狼を放り込んだが如き混乱。衛兵たちは血に飢えた獣のように、逃げまどう貴族たちへと襲い掛かっていく。男女の区別もない一方的な殺戮。凄惨な血塗れの風景の中、ホールの真ん中辺りで、男の大音声《だいおんじょう》が響き渡った。

「今宵《こよい》！　腐り切ったこの国は終焉を迎える！　革命は成った！　怯むな！　民衆を！　そしてお前たちを蔑《ないがし》ろにしてきた貴族どもの恩寵《ギフト》は、もはや最低等級へと反転した！　禍根《かこん》は全て断て！　誰一人逃がすな！」

その声の主へと目を向けると、そこには、この騒乱の首謀者らしき男の姿がある。

「ゴドフリート……さん？」

それは先ほど、僕を気遣ってくれた王宮守備隊の隊長。

彼は、スラリと剣を抜き放つと、

「うぉおおおおおおおおっ！」

獣のような雄叫びを上げて、逃げ惑う貴族たちを蹴散らしながら、国王陛下目掛けて、真っ直ぐにこちらの方へと駆けてくる。

迫りくる鬼神の如きその姿に、国王陛下の周囲にいた貴族たちは必死に逃げ惑い、国王陛下は腰が抜けたのか、後ずさってへなへなと玉座に座り込むと、「あ、あぁぁ」と言葉にならない声を洩らしながら、だらしなく弛《ゆる》んだ身体を必死に捩《よじ》った。

「覚悟ッ！」

「お父さまッ！」

ゴドフリートさんの叫びと、姫さまの悲鳴じみた声が重なり合う。

そして、剣を振るう風切り音が響き渡ると、国王陛下の首があっけなく宙を舞った。

「お父さまぁあああ――――！」

姫さまの悲鳴が響き渡る中、噴水のように噴き出す陛下の血で甲冑を真っ赤に染めて、ゴドフリートさんは、ギロリと姫さまを睨みつける。

そして、彼は全身に殺気を漲《みなぎ》らせながら、ゆっくりと彼女の方へと歩みより始めた。

「ディートリンデ姫……恨んでいただいて結構。だが、呪うのであれば、王家に生まれた御身《おんみ》の不幸を呪っていただきたい」

「……ゴドフリート」

姫さまは唇を引き結んで、ゴドフリートさんを睨みつけ、その場から逃げようともしない。

「坊ちゃま？　早く逃げなければ……」

二人の方を見つめたまま固まっていた僕の顔を、ロジーさんが戸惑うように覗き込んできた。

——何だ、これ。何なんだよ、これは。

僕を助けてくれた人が、僕を助けてくれた、もう一人の人を殺そうとしている。

いいのか？　僕は、これを見過ごして本当にいいのか？　いや、ダメだ。こんなこと、見過ごしちゃいけない。じゃあ、一体僕に何ができる？　どうすればゴドフリートさんを止められる？

答えの出ないままに頭の中を渦巻く想い。だが、何をどれだけ考えようとも結局、力がなければ何もできやしない。

「………力？」

その瞬間、僕の脳裏を、先ほどのゴドフリートさんの言葉が過った。

『貴族どもの恩寵《ギフト》は、もはや最低等級へと反転《ヽヽ》した！』

――反転《ヽヽ》した。


ゴドフリートさんは確かにそう言った。

「墜ちた」でもなく、「失われた」でもなく、「反転した」のだと。

ならば、元から最低等級の僕の恩寵《ギフト》は、どうなった？

僕は自分の恩寵《ギフト》へと、意識を向けた。

途端に僕の頭の中に、その全貌が描き出されていく。脳裏に浮かぶイメージは大きく変貌していた。地に墜ち、枯れた一本の小枝でしかなかった僕の恩寵《ギフト》が、大地に根を張り、世界を覆うほどに雄々しく枝を伸ばしている。

「『生命《レーベン》の……大樹《バウム》』？」

それは、あり得ないほどに強大な力。

もはや、人の持ちうる力、その範囲を大きく逸脱した恩寵《ギフト》だった。

「これが……『神の恩寵《ギフト》』なの……か？」

だが、戸惑っている場合ではない。そうしている間にも、振り上げられたゴドフリートさんの剣が、姫さまの頭上へと振り下ろされようとしている。

「姫っ！　ご覚悟を！」

迫る凶刃。だが、姫さまは気丈にも、ゴドフリートさんを睨みつけたまま、その場から動こうとはしない。僕はロジーさんの手を振りほどくと、二人の方へと駆け出した。

「坊ちゃま⁉」

ロジーさんの驚愕の声が背後で響く。だが今は、それに応えている余裕はない。

間に合うか？　間に合え――――ッ！

凄まじい勢いで振り下ろされる剣。

僕は姫さまとゴドフリートさんの間へと、我が身を投げ込んだ。

「なっ⁉」

「……ッ⁉」

ゴドフリートさんと姫さまの息を呑む音が、左右から同時に聞こえてくる。激しい衝撃が僕に襲いかかってきた。鋭い痛みが身体を駆け抜けて、目の前で火花が散る。斬り飛ばされた僕の腕が、視界の端でくるくると回りながら宙を舞っていた。

「いやぁああああ――――！」

ロジーさんの悲鳴が響き渡る。それを聞きながら、僕は痛みを堪えてその場に踏み止まり、ゴドフリートさんの前へと立ちはだかった。

「お前は、さっきの……。リンツだったたか？　馬鹿なことをしたものだ。そこをどけ！」

「いやです！」

「治療さえすれば、今ならまだ命は助かる。片をつけたらすぐに治療してやるから、言うことを聞くんだ！」

呼吸は乱れ、額から脂汗が滴り落ちる。痛い。炎で炙られているような灼熱感が、ずっと右腕の傷口を苛《さいな》んでいる。

でも、僕はここを退《しりぞ》くわけにはいかない。

「いやです！　反乱だというのなら、国王陛下だけで十分でしょう！　姫さままで殺す必要なんてないじゃありませんか！」

だが、ゴドフリートさんは、呆れたとでも言うように首を振った。

「そういうわけにはいかんのだ。姫さまがよくできた方だというのは、お前以上に私の方がよく知っている。だがな！　姫さまが生きている限り、それを担《かつ》ぎ出そうという人間が必ず現れる！」

「そんな、あるかどうかも分からないことのために、罪もない人を手に掛けるつもりですか！」

「罪もない？　その地位が既に罪なのだ！　私たちは遊びで反乱を起こしたわけじゃない！

腐った王権を打ち倒し、誰もが平等な国を創る。その理想の国には姫さまの居場所など、どこにもありはしないのだ！」


僕は、ちらりと姫さまの方を盗み見る。

憔悴《しょうすい》しきった顔、飛び散った僕の血で汚れた頬。

だが、彼女のその蒼い瞳には、未《いま》だに強い意志の光が宿っていた。

「見逃しては……もらえませんか？」

「無理だな」

「なら……仕方がありません」

僕は小さく溜め息を吐く。そして、

「『生命の大樹《レーベンバウム》』！」

『神の恩寵《ギフト》』を発動させた。

途端に、失われた僕の右腕、その切断面が膨れ上がり、『ズボッ！』という音を立てて、新しい右腕が生えてくる。

そのあり得ない光景に、ゴドフリートさんは、ぎょっと目を見開いた。

「な、なにぃぃッ！　なんだ、それは!?」

僕はそんな彼を尻目に、斬り落とされた『僕の右腕だったもの』を拾い上げる。

途端に僕の手の中で、もつれた糸がほどけていくかのように、それは無数の赤と黒の揚羽蝶へと変わり、まるで舞い散る火の粉のように、一斉に宙へと舞い上がっていった。

「ゴドフリートさん……僕はあなたを傷つけたくないんです。もう一度言います。見逃してくれませんか？」

突然舞い上がった無数の蝶に、ゴドフリートさんが大きく飛び退くと、周囲の衛兵たちも、怯《おび》えて後ずさっていくのが見えた。

「恩寵《ギフト》なのか……？」

飛び交う赤と黒の蝶。その向こう側で、ゴドフリートさんが僕を睨む。

その表情には驚きと共に、貴族たちに対するのと同じ、憎しみの色が混じっていた。

「心配しなくても、その蝶はただの警告です。でも、これで僕が『恩寵所持者《ギフトホルダー》』だというのは、分かっていただけましたよね。今の僕には、あなたに抗《あらが》えるだけの力があるんです」

「リンツ！　お前、私を謀《たばか》ったのか！　何が狙いだ！　貴族の癖に御者のフリをして、我々に探りを入れていたとでも言うつもりか！」

「考えすぎですよ。そんなわけありませんってば……。僕は本当にただの御者です。ただ、恩寵《ギフト》の等級があまりにも低すぎたせいで、下男にまで身分を落とされたっていう過去があるだけで……」

「……なるほど、お前も反転した……ということか」

ゴドフリートさんの口元が、自嘲気味に歪む。

どうやったのかは分からないけれど、この『恩寵《ギフト》の反転』は、ゴドフリートさんたちが仕掛けたものに間違いないだろう。

つまり僕がこの『神の恩寵《ギフト》』を発現させたのも、彼ら自身のせいなのだ。

僕はただの計算外。上位二等級の恩寵所持者《ギフトホルダー》にしか参加を許されないはずの夜会に紛《まぎ》れ込んだ、異物《イレギュラー》でしかない。

「それで、今のお前の等級はAか？　Bか？」

「……僕の恩寵《ギフト》は等級Eにも満たない、言うなれば等級Fとでもいうべきものでした。じゃあ、それが反転したら？」

「等級A以上……だと」

その瞬間、ホールに『ザワッ！』と、虫の羽音を思わせる衛兵たちの驚きの声が響き渡った。

強力な恩寵《ギフト》、それも戦闘向きの恩寵《ギフト》であれば、それこそ一軍にも匹敵すると言われているのだ。だからこそ、恩寵《ギフト》を無力化する手段を得た彼らは、国中の上位等級の者が一堂に会する今日、この時を選んで反乱を起こしたはずなのだ。

だというのに、新たに等級Aを超える恩寵所持者《ギフトホルダー》が現れたとなれば、彼らの目論見《もくろみ》は、完全に覆《くつがえ》る。

衛兵たちの顔には、一様にたじろぐような表情が浮かんでいた。

その一方で、壁際へと追い詰められていた貴族たちは、僕とゴドフリートさんの会話を耳にして、口々に歓喜の声を上げた。

「うははは！　助かったぞ！　おい、貴様！　早く我々を助けるのだ！」

「やったぞ！　そこの御者！　褒めてやる！」

「なんと間抜けな連中だ！　高位の恩寵保持者《ギフトホルダー》が一人いれば、貴様らなど恐れるに足らん！覚悟するがいい！」

中にはもう助かったつもりで、事後のことを話し出す者までいる。

「御者が恩寵《ギフト》を手に入れるとは……。業腹ではありますが、形だけでも爵位ぐらいはくれてやらねばなりますまい」

「まあ、そのぐらいはかまわんでしょう。ともかく、この反逆者どもは処刑するとして、この先、残った者で、ディートリンデ姫を盛り立てていかねばなりますまい。ただ、姫はまだお若い。政治《まつりごと》の一切は公爵位の、この私にお任せいただきたいものですな」

これには流石に僕も呆れ果てた。不愉快にもほどがある。

ゴドフリートさんが、呆れ顔の僕を鋭い目つきで見据えて問いかけてきた。

「で……お前は奴らを助けるつもりか？」

「ご冗談」

「だろうな」

ゴドフリートさんが、くくくと笑いをかみ殺すのと同時に、そのやり取りを耳にした貴族たちが憤然《ふんぜん》と色めき立った。

「なんだと！　貴様！　私を誰だと思っておる！　御者の分際で！」

「あやつは確か、ラッツエル家の御者であったな！　ラッツエル家には、この責任を問わねばならんぞ！」

声を荒らげて詰め寄ろうとした貴族に衛兵が槍を突きつけると、自分たちの置かれた状況を思い出したのか、罵声の中に懇願するような声が混じり始めた。

「お、お願い！　ワタクシだけでも助けて！　う、うちの家に迎え入れてあげてもよくってよ！　アナタ！　子爵家の一員になれるのよ！」

「金か！　あ、足元を見おって！　ええい！　いくらほしい！　こうなったらいくらでも出そうではないか！」

「よ、よく見れば、あなた結構いい男ね！　ウ、ウチの娘を妻にどうかしら！」

……耳が腐りそうだ。

貴族たちの戯言《たわごと》を右から左に聞き流しながら、僕はゴドフリートさんを見据える。

「そこをどいてくれませんか？　僕らはただ、無事にここから出られれば、それでいいんです」

「……その僕らというのには、ディートリンデ姫も含まれているということだな？」

「もちろん」

「なら、話はここまでだ」

「どうしてもですか？」

「ああ、残念だが……。逃げ場など何処《どこ》にもありはしない。お前がいくら強力な恩寵《ギフト》を持っていようが、私たちの仲間は、ここにいる者たちだけではない。王宮は既に包囲済み。街中では、今頃、民衆が貴族連中の屋敷を襲撃しているはずだ。つまり姫に味方するということは、国中の人間全てが、お前の敵になるということなのだぞ」

生き残りの貴族たちに槍を突きつけている一部を残して、衛兵たちが続々と僕らの前へと集まってくる。

彼らは一様に緊張した面持ちではあったけれど、怯えるような様子はない。彼らは彼らで自分たちの理想に殉《じゅん》じようという心づもりなのだろう。

僕は視線で衛兵たちを威嚇《いかく》しながら、背後へと声を掛けた。

「ロジーさん。姫さまと一緒に僕の後ろへ」

「坊ちゃま……」

不安げな声を洩らすロジーさん。僕が微笑みかけると、彼女は小さく頷いて、緊張の面持ちのまま立ち尽くしている姫さまの方へと歩み寄った。

そんな二人の向こう側に、あの赤毛の女性が、鞘《さや》に収まったままの刀を肩に担いで、ゆっくりとこちらへ歩いてくるのが見えた。

「できたら、オレのことも忘れないでもらえると嬉しいんだがな」

「ご、ごめんなさい。えっと……」

「レナだ。レナ・ハイネマン」

彼女がそう名乗った途端、どういうわけか、周囲の衛兵たちがあからさまに動揺した。

「ハ、ハイネマンだとッ⁉」

「まさか『剣聖の弟子』か⁉　じょ、冗談じゃないぞ。そんなヤツがなんでこんな所にいんだよ……」

僕の恩寵《ギフト》を目にした時以上に、騒然とする衛兵たち。

「あの……レナさんって、もしかしてすごく強かったりします？」

「さあな。どっちにしろ、お前も助けなんか必要なさそうじゃねぇか」

落ち着き払ったレナさんの様子に僕は確信する。たぶん、この人は本当に強いのだろう。

「念のためですけど、僕らはただ脱出したいだけだって、忘れないでくださいね」

「はっ！　できるだけ殺すなってか？　ったく、見た目通りの甘ちゃんだな、おめーは」

「……ほっといてください」

僕らが今いるここは、ホールの最奥《さいおう》。唯一の出口である扉は、遠巻きに僕らを取り囲んでいる衛兵たちの向こう側だ。直線距離でもおそらく、百シュリット（約七十メートル）ほどの距離がある。これを突破しようなどとは、普通に考えれば正気の沙汰とも思えないのだけれど……。

「僕が道を開きます！　レナさん！　殿《しんがり》を頼めますか？」

「姫さまとメイド嬢を守れってことだな」

「お願いします！」

そして、僕が正面の衛兵を見据えて駆け出そうとしたその瞬間、誰かが僕の足首を掴んだ。

「た、助けてください。お、お義兄さまぁ……。た、助けて……」

地面に這いつくばるその姿を目にした時の、僕の感情を言葉にするならば、

――ああ、そう言えば、こんなのもいたっけ……となる。

薄情といわれても仕方がないのだろうけど、彼女――エルフリーデの存在は、僕の頭から完璧に抜け落ちていた。

国王陛下のすぐ傍にいたせいだろう。彼女は身体の右半分に赤い血を浴びて、それが渇いた

ためか、乱れた髪がおかしな形で固まっている。あの強気な面立ちは見る影もなく、化粧も涙で崩れてぐちゃぐちゃになっている。そんなみすぼらしい姿の元義妹の姿がそこにあった。

これは……本当に、どうしたものだろうか。

「坊ちゃま」

僕が困惑していると、ロジーさんが背後から僕らの方へと歩み寄ってきた。

そして、

「坊ちゃまがお困りです。お放しください」

と、彼女はいつも通りの表情のない顔で、僕の足を掴むエルフリーデの手を踏みにじった。

「い、痛い！　痛いよぉ！　ロ、ロジー、やめて！　痛ぃい！」

ロジーさんは泣き喚くエルフリーデを凍てついた目で見下ろして、更に足へと体重をかける。

「坊ちゃまがやめてと仰った時、あなたは虐《いじ》めるのをおやめになりましたか？」

「ご、ごめんなさい！　ワタクシは……エルフリーデは！　これからは心を入れ替えます。だから！　だから！　お願い、助けてっ！」

正直に言って、エルフリーデの言葉は、僕の心には何も響かなかった。思わず肩を竦めると、僕が何を考えているのかが分かったのだろう。

「いやぁぁ……、そ、そんなぁ、お義兄さまぁ……」

エルフリーデの、涙でぐちゃぐちゃに汚れた顔が絶望に歪んだ。だが、その時、

「あなたが置き去りにすると言っても、私が連れて参ります」

そんな言葉が、背後から聞こえてきた。

声の聞こえた方へと目を向けると、姫さまがじっと僕のことを見つめている。

「……僕は手伝いませんよ」

だが、僕のそんな言葉を気にかける素振りもなく、姫さまはロジーさんを押し退《の》けて、泣きじゃくるエルフリーデを助け起こした。

「言っておきますが、私がエルフリーデ・ラッツエルを連れていくのは、あなたのためですよ」

「は？　僕の？」

「今の感情が全てではありません。このままでは、義妹を見捨てたという事実に、あなたはいつかきっと、押し潰されることになります」

「……勝手にしてください」

正直、僕はなにもかもを見透かしたかのような姫さまの物言いが、不快でならなかった。あなたに何が分かる！　そう怒鳴りつけてやりたいとさえ思った。

だが、僕の恩寵《ギフト》を警戒して、衛兵たちがそう簡単には襲いかかってこないとはいえ、のんびり言い争っている場合ではない。

僕は再び正面へと向き直ると、その場にしゃがみ込んで、大理石の床に両手で触れる。

そして、

「『生命の大樹《レーベンバウム》』！」

恩寵《ギフト》を発動させた。

途端に、衛兵たちが身構えるその眼前で、大理石の床が水面《みなも》のように波打ち始める。

グルォオオオォォ――――！

そして、僕が下から上へと手を振り上げるのに合わせて、大理石の獅子が二頭、咆哮《ほうこう》と共に、勢いよく床から飛び出した。

「なにィ⁉」

驚愕の声が響き渡る中、二頭の獅子は正面の衛兵たちの方へと突っ込んでいく。

僕の恩寵《ギフト》は、生命を司る。傷ついた肉体を癒やし、どんなものにでも命を吹き込む。衛兵たちをも圧倒する強靭な生命。そんな僕の望みが、獅子という形をとって姿を現したのだ。

「脱出します！　遅れないようについてきてください！」

「はい！　坊ちゃま」

僕らは二頭の獅子のあとを追って、衛兵たちのど真ん中へと突入する。

出口までの距離は、わずか百シュリット（約七十メートル）。本気で走れば、数秒で到達す

る距離だ。だが、そのわずかな距離が今は恐ろしく遠い。

衛兵たちはフロアにひしめき合い、僕らの行く手を阻むべく、剣と槍を掲げている。茶色の革鎧と鈍色《にびいろ》の甲冑が入り乱れた人の海。華やかなドレスに取って代わってフロアを埋め尽くす、その武骨な人波の中に、灯りを反射して鈍く光る大理石の獅子が突っ込んでいく。

「怯むな！」

「うわっ！　わわ！　こっちに、く、来るな！」

けたたましい悲鳴と怒号。鉄と石とがぶつかり合う硬質な音。それらが、渾然《こんぜん》一体となってホールに響き渡った。

獅子たちが突っ込んだ一角は、逃げようとする者と、勇ましく前へ出ようとする者が入り乱れて、ひどく混乱しているように見えた。

衛兵の肩口に牙を突き立てた獅子は、その身体を大きく振り回し、突っ込んでくる別の衛兵たちの方へと軽々と投げ捨てる。そして、嘶《いなな》く悍馬《かんば》の如くにその身を起こすと、両腕の爪を振るって、襲い掛かってきた別の衛兵を弾《はじ》き飛ばした。

獅子狩りの現場かと見紛《みまが》うような風景の中、
グルォオオオオォォ————！

倒れ込んだ衛兵を踏みつけにして、大理石の獅子が咆哮を上げると、怯えた衛兵たちが、引き潮の如くに後ずさっていくのが見えた。

僕は走りながら、フロアに転がっていた剣を拾い上げる。

もちろん、そんなものは気休めでしかない。そもそも僕には、まともな剣術の心得などないのだ。ラッツエル家に養子に入ってからの一年、貴族の嗜《たしな》みとして、剣術の指南も受けはしたけれど、そんな儀礼的な剣術が、この荒々しい乱戦の中で役に立つとは思えなかった。

背後を振り返れば、僕のすぐ後ろをロジーさん。少し遅れて、エルフリーデの手を引くディートリンデ姫。その三人を追い立てるように、レナさんが最後尾を走っている。

兵士たちが後ずさって距離ができると、獅子たちは僕らの周囲を駆けまわりながら、散発的に襲い掛かってくる衛兵たちを、次々に打ち倒していった。

――これは……もしかして、意外とあっさり脱出できるんじゃないか？

そんな思いが脳裏をかすめた、その瞬間、

「リィイインツ！」

僕の名前を叫びながら、ゴドフリートさんが二頭の獅子の間をすり抜けて、こちらへと襲いかかってくるのが見えた。

「ぐっ！」

僕は咄嗟《とっさ》に、手にした剣を掲げる。

剣と剣とがぶつかり合う甲高い金属音。飛び散る火花。なんとか受け止めはしたけれど、その恐ろしいほどの衝撃に肩が悲鳴を上げた。

「坊ちゃま！」

「ッ……来ちゃダメです！」

慌てて駆け寄ろうとするロジーさんを制して、僕はゴドフリートさんを睨みつける。手にした剣は大きく欠けて、手はじんじんと痺れていた。

「馬鹿力にもほどってものがあるでしょうが……」

「ははッ、伊達に隊長を名乗っているわけではないぞ。どうした、もう終わりか？」

まともにやり合って、僕がどうこうできる相手じゃない。ゴドフリートさんと僕では、最初から技量が違いすぎるのだ。

自分一人なら、脇をすり抜けて逃げることもできるかもしれないけれど、女の子四人が一緒なのだ。そういうわけにもいかない。

剣士には剣士の戦い方があるのであれば、恩寵所持者《ギフトホルダー》には、恩寵所持者《ギフトホルダー》の戦い方がある。決して同じ舞台に立つ必要などないはずだ。

「覚悟しろ、リンツ！」

「そっちこそ！」

僕は、再び剣を振り上げるゴドフリートさんを見据えながら、片膝をついて大理石の床に指を這わせる。

「『生命の大樹《レーベンバウム》』！」

グルォオオオォォ――――――！

途端に、下から上へと振り上げる僕の手の動きに合わせて、三頭目の獅子が大理石の床から飛び出した。至近距離。僕らの間に出現した獅子はしなやかに体を跳ねさせて、ゴドフリートさんへと飛びかかる。

だが、彼に怯む様子はない。

「舐めるなよ！」

彼は大上段に掲げた剣を、飛び掛かってくる獅子の頭部へと叩きつける。硬い物がぶつかり合う鈍い音が響き渡って、獅子の頭部に大きなひび割れが走った。

大理石は見た目の重厚さに反して、脆《もろ》く割れやすいのだ。真っ二つに割れた獅子は、勢いのままにゴドフリートさんの左右で粉々になって飛び散った。

「ひっ⁉」

大理石の獅子が砕け散る音に混じって、背後からエルフリーデの、喉の奥につまったような悲鳴が聞こえてくる。どういうわけか、そんな微かな音がやけに神経に障った。

――大人しくしてろ！

胸の内でそう毒づきながら、僕は一気に駆け出す。

確かに獅子は砕け散った。だが、それは最初から囮《おとり》でしかないのだ。僕は剣を振り下ろした直後のゴドフリートさん目掛けて必死に指先を伸ばし、彼の甲冑へと触れる。そう、触れるだけでいいのだ。

「『生命の大樹《レーベンバウム》』！」

「なにぃっ⁉」

僕が再び恩寵《ギフト》を発動させると、命を吹き込まれた鋼の甲冑が暴れ出す。

それは柔らかい粘土のように形を変え、大きく捩《ね》じれて、最後にはゴドフリートさんの身体を鎖のように拘束した。

「バ、バカな！　くっ！　リンツ！　この卑怯者ぉおお――――！」

「正々堂々と戦って勝てるぐらいなら、最初からそうしますってば」

僕は思わず苦笑する。その時、背後から姫さまがこちらへと歩み寄ってきた。

彼女は床の上へと倒れ込んだゴドフリートさんを見下ろしながら、その場に佇《たたず》み、そして、静かに目を伏せる。

「ゴドフリート。……私は必ずここへ戻ってきます」

「戻ってくる？　お父上の仇をとるのなら、今をおいて他にありませんぞ」

「勘違いなさらないでください、ゴドフリート。あなたを恨んでいないと言えば嘘になります。ですが……次に私がここへ戻ってくる時には、きっと、あなたたちを救うために戻ってくることになるでしょう」

「くっ、戯言《ざれごと》を……」

――どういう意味だろう？

姫さまのその不可解な物言いは気になる。だが、今はそれを問い質している場合でもない。

今も二頭の獅子は、僕らの周囲を周回しながら衛兵たちを威嚇し、遠ざけてくれているけれど、その二頭にしても、衛兵たちの剣に撃たれ、既にあちこち砕けてしまっているのだ。このままでは、そう長くはもたないだろう。

「急ぎましょう！」

僕が振り返ると、レナさんが背後へと回り込んだ衛兵たちを、鼻歌交じりにあしらっているのが見えた。衛兵たちは必死の形相。一方のレナさんはというと、どこかのテーブルの上に残っていたのだろう、七面鳥《ターキーレッグ》の足を齧《かじ》りながら、鞘に収まったままの剣で、彼らを次々と殴り倒している。

考えてみれば、結構な数の衛兵が後ろに回り込んだはずなのだけれど、ここに至るまで、背後になんら危険を感じることはなかった。

「あはは……」

思わず、乾いた笑いが零れ落ちる。衛兵たちが彼女の名を聞いた途端、顔色を失った理由が分かったような気がした。

彼女に先頭に立ってもらえば、もっと楽にここを脱出できたのかもしれない。

とはいえ出口までは、もはや目と鼻の先。僕は取りあえずレナさんのことは気にしないことにして、再び走り始めた。

「お、おい！　待ってくれ！　置いていかないでくれ！」

「私がここから出たら、ひどい目にあわせてやるぞ！　覚えていろ！」

取り残された貴族たちの懇願《こんがん》と罵《のの》りの声を背に受けながら、僕らはついにホールの出口へと辿り着く。

グルォオオオォォ――――！

あとに残してきた二頭の獅子が咆哮を上げて、追ってくる兵士たちを遠ざける。その間に、最後尾のレナさんが後ろ向きに跳ねながら、扉の外へと飛び出してきた。

「ロジーさん！」

「はい、坊ちゃま！」

僕とロジーさんはホールの両開きの扉、そのノブを握って力任せに扉を閉じる。

そして僕は、再び恩寵《ギフト》を発動させた。

途端に、両開きの扉のノブがそれぞれに伸びて、握手でもするかのように互いにからみ合い、強固な閂《かんぬき》のように扉を封印する。

「ふ――――っ……」

大きく安堵の息を吐く僕を眺めて、レナさんがドン引きするような顔をした。

「お前、結構えげつねぇことすんのな……」

彼女の言わんとすることは、分からなくもない。

これで、取り残された貴族たちが逃げのびられる可能性は、完全に潰《つい》えたのだ。とどめを刺した。そう言われても仕方がない。

「そんなこと言われたって……」

「貴様ら！　そこで何をしている！」

僕が口籠もるのとほぼ同時に、外へと続く廊下、その向こう側から怒鳴りつけるような声が響いてきた。声のした方へと目を向ければ、衛兵たちが腰から剣を引き抜きながら、慌ただしくこちらへ迫ってくるのが見える。

「そりゃあ、ホールの外にもいるわな……っと！」

レナさんは鞘ごと剣を引き抜くと、間髪入れずに衛兵たちの方へと駆け出した。

「なっ⁉」

姿勢を低くして突っ込んでくる彼女の姿に、先頭の衛兵が慌てて剣を突き出す。しかし、彼女はその切っ先をサイドステップを踏んであっさり躱《かわ》すと、凄まじい速さで相手の足下へと潜り込み、鞘に収まったままの剣で、勢いよくその喉を突き上げた。

「ぐぇッ！」

潰れた蛙みたいな声を洩らして、大の大人が軽々と宙を舞う。どんな力で突き上げればそうなるのかは分からないけれど、喉を突かれた衛兵は、後続の衛兵たちを巻き込んで背後へと吹っ飛んだ。

「ぼーっと突っ立ってんじゃねぇ！　走りやがれ！」

「は、はい！」

レナさんに怒鳴りつけられて、僕らは慌てて出口の方へと駆け出す。

頭を蹴り飛ばして、衛兵の意識を刈り取っていくレナさん。その脇を擦り抜けて、僕らは王宮の外へと伸びる赤絨毯の廊下を一気に駆け抜ける。

やがて廊下の端へと辿り着くと、レナさんが追いついてくるのを待って、僕らは外へと続く扉を用心深く押し開けた。

わずかに開いた扉の隙間から冷たい空気が流れ込んできて、吐いた息が瞬時に白く凍《い》てつく。そっと扉の隙間から覗き見ると、外はまだ雪が降り続いていて、地面は、衛兵たちに踏みつけにされた雪で茶色くぬかるんでいるのが見えた。

「どうだ？」

レナさんの問いかけに、僕は小さく首を振った。

「ダメです。完全に取り囲まれています。見つからずに馬車まで辿り着くのは流石に……」

すると、僕らの話に耳を欹《そばだ》てていた姫さまが、静かに口を開く。

「もしかしたら……王宮の衛兵だけではなく、東西の国境に配備されていた正規兵も反乱に加わっているのかもしれませんね」

「東西の国境？　そんなの、そう簡単に来られるような距離じゃありませんよね？」

「ええ、ですが……。そもそも王宮にはそれほど多くの衛兵はおりません。それぞれの貴族が抱える私兵を巻き込むのは、情報の漏洩《ろうえい》という意味では難しいでしょうし、正規兵の多くは、東西の国境に配備されているのです」

「周到に準備された反乱……と、いうことですか？」

僕がそう問いかけると、姫さまはコクリと頷いた。

「はっ、周到に用意してようが、勢い任せだろうが、どっちにしろオレらのやることたぁ変わらねぇ。腹を決めなきゃ仕方あるめぇよ」

レナさんがそう吐き捨てると、ロジーさんが静かに口を開く。

「では、私が助けを求めるフリをして、衛兵たちの目を引き付けます」

確かにこのままでは埒《らち》が明かない。ここから僕らが乗ってきた高級馬車《キャリッジ》までは、わずか五十シュリット（三十五メートル）ほどの距離。誰かが囮になれば、見つからずに辿り着くことも不可能ではない。ならば……。

「いえ、僕が囮になります。その間に馬車まで走ってください」

「坊ちゃま、それは……」

慌てるロジーさんを手で制して、僕は彼女に微笑みかける。

「僕なら恩寵《ギフト》で大きな騒ぎを起こして、より多くの衛兵たちの目を引き付けることができますから」

「……決まりだな」

レナさんが、戸惑うロジーさんの肩に手を置いて、僕の方へと頷いた。

「お姫さまたちはオレに任せやがれ。お前も無理すんじゃねぇぞ」

僕はレナさんに一つ頷き返すと、扉の陰から勢いよく外へと飛び出した。

3章　冬の向日葵

「『反転装置《フリッパー》』は回収しといた方がいいんだよね？　魔力を充填《じゅうてん》しなおせば、再利用できるって聞いてるけど？」

「ハッ！　左様でございます。マルスラン宰相閣下！」

「あのさぁ、ジョルディ君、その宰相閣下っての、やめてくんない？　今はボク、ただの技術員ってことになってるんだからさぁ」

肩に積もった雪を振り払いながら、呆れ混じりにそう言うと、技術班長のジョルディ君はただでさえ堅苦しい顔を盛大に強張《こわば》らせた。

「も、申し訳ござ……」

「だ、か、ら、今は技術班長の君が上司で、ボクはヒラの技術員なんだってば。もっと偉そうにしてくれないと、変な目で見られちゃうでしょ？」

今、ボクらは迎賓館に面した庭園、そこに屯《たむろ》する中央クロイデルの衛兵たちの只中にいる。苔色《モスグリーン》の作業着を着た場違いな一団。反乱に協力するために、東クロイデル王国から送り込まれた魔導技術員たち。それがボクらだ。

別にウソを言っているわけではない。ボクと副官のコゼットを除けば、あとは本当に東クロイデルの魔導技術員たちなのだ。

ぐるりと周囲を見回せば、篝火に照らしだされた中央の衛兵たちは、一様に緊張した面持ちで迎賓館の方を凝視している。

ボクらが東から運んできた反転装置《フリッパー》が効果を現さなかったら、一人が一軍にも匹敵するという、高位の恩寵所持者《ギフトホルダー》たちの逆襲を受けることになるのだ。迎賓館に突入した衛兵たちが戻ってくるまでは、そりゃあ気が気でないことだろう。

ここも相当にザワついてはいるが、王宮の外、塀《へい》の向こう側は尚騒がしい。叫び声や何かを打ちつける音が幾重にも響き渡り、降り続く雪を背景に、舞い上がる炎が空を紅く焦がして、黒煙が夜空に棚引いている。

あれは工作員に煽動《せんどう》された庶民たちが、王都の貴族別邸を襲撃しているのだと聞いている。兵士の大半が反乱に加わり、少し煽《あお》っただけで庶民たちが暴徒と化すのだから、この国がいかに腐りきっていたかが分かろうというものだ。

「これから、どうなさいますか？」

ボクの隣で佇んでいた少女が、そう問いかけてくる。

前髪だけが額の上の方で短く切り揃えられた、肩までの黒髪。銀縁眼鏡の奥の黒瞳《こくどう》が、不機嫌そうにボクを見つめていた。

彼女の名はコゼット。

半年前にボクが宰相位についてからは、ボクの副官を務めてくれている。まあ、それ以前から彼女は、ずっとボクの傍にいたのだけれど。

彼女が不機嫌なのは、今に始まったことではない。というか、不機嫌でないところを見たことがない。

「んー、別にどうもしないけど？」

ボクがそう口にすると、彼女はわずかに唇を尖らせる。

別に彼女を揶揄《からか》っているわけではない。実際、あとは待つだけなのだ。

この国の反乱が成就するのを見届けて東クロイデルに戻り、できたばかりの新しい国に人間を送り込んで、ジワジワと浸食していく。西クロイデル王国と事を構えずに、この国を自分たちのものにするには、それが一番望ましい形だろう。

だが、女王陛下の真の目的はそこではない。

むしろ、この国のことなどどうでもいいとすら思っている節がある。

それに女王陛下の目的のほかに、ボクにはボク自身の目的もある。そのために、わざわざ宰相なんて七面倒臭い役職にまで昇り詰めたのだ。

今のところ、女王陛下とボクの目的のベクトルは同じ。陛下のために行動すれば、自動的にボクの目的も遂げられる。だが、そのベクトルがズレてしまったら？

さて……どうしたものだろうか？　そんな風に、ボクが思考を遊ばせていると——

「東クロイデル王国の方々！」

衛兵たちの一団の中から、聖職者のような白いローブを纏った男が、ボクらの方へと近づいてくる。フードからわずかに覗いているのは、くすんだ金色の巻き毛。二十代半ばの、糸のように細い眼をした男だ。

「どうかなさいましたか？　ミットバイセ殿」

表向き、ボクらの中で役職が一番上ということになっているジョルディ君が返事をすると、彼は細い眼を半円形に歪めて、子供の落書きみたいな笑顔を浮かべた。

「いやぁ、ここまでの首尾は上々。我らの革命は成ったも同然ですから、一言お礼を申しておかねばと思いまして……」

「左様でございますか。女王陛下も、きっとお喜びになることでしょう」

ジョルディ君は適当に話を合わせながら、ちらちらとボクの顔色を窺《うかが》ってくる。

……そんなにビビんなくても大丈夫だって。少々下手なことを言ったって咎めやしないってば。

だが、ジョルディ君が慎重になる気持ちも、分からなくはない。このミットバイセという男こそ、今回の反乱の首謀者なのだ。

精神的指導者というのだろうか。彼自身は見たまんまの文官だから、荒事の方は別の人間が担当しているらしいけれど、我々、東クロイデル王国に助力を求めてきたのは、この男なのだ。

言葉の選び方を間違えて、変な拗《こじ》れ方をしてしまったら目も当てられない。ジョルディ君はそう考えているのだろうが、彼の様子を見る限り、その心配はなさそうだ。

ミットバイセは浮かれた心の内を隠そうともせずに、満面の笑みを浮かべていた。

「女王陛下には、くれぐれもよろしくお伝えください。共に手を取り合って、争いのない平和な世界を築いて参りましょう」

武力で国を滅ぼしている最中に、争いのない世界とは……。全く悪い冗談にもほどがある。しかも性質《タチ》の悪いことに、彼が本心からそう言っているのが、はっきりと見て取れた。

ボクが思わず苦笑するのとほぼ同時に、周囲の衛兵たちが突然ざわめき始める。

「げ、迎賓館から誰か出てきたぞ！　一人だ！」

衛兵たちの視線の先へと目を向けると、迎賓館の入り口から、少年らしき人影が駆け出てくるのが見えた。

「……ん？」

煌々《こうこう》と焚かれた篝火に照らしだされる少年の様子に、ボクは思わず眉根を寄せる。

貴族でなければ衛兵でもない。顔は影になってよく見えないが、それはくすんだ金髪の少年。着ているものは粗末な野良着で、それも飛び散った血で派手に汚れていた。

「御者……か？」

ミットバイセが、怪訝《けげん》そうに首を捻《ひね》る。

「ふむ、何かの用事で主に呼ばれて、たまたま夜会の席に足を踏み入れていた時に、衛兵たちがホールへと踏み込んだ。もしかしたら、そういうことかもしれませんね」

彼はそう独《ひと》り言《ご》ちると、周囲の兵士に向かって声を上げた。

「どうやら貴族ではないようです。誰か、あの少年を助けてあげてください！」

だが、ボクには、どうにも違和感が拭《ぬぐ》いきれない。

あの少年は何かがおかしい。一体、この違和感の正体は何だ？

ボクはじっと、その少年の方を凝視する。

彼の着ている服は右側が血塗れで、右手の袖が途中で断ち切られている。そこでボクは、違和感の正体に気が付いた。切り裂かれた袖の辺りを中心に服は血塗れなのに、そこから覗いている腕には、一滴の血の跡すらないのだ。

それが何を意味しているのかまでは分からない。だが、ボクの勘《かん》がビンビンに警告を発している。アイツはヤバい、と。

「ジョルディ君、コゼット！　後退する！」

ボクがそう声を上げるのとほぼ同時に、少年は突然、ぬかるんだ雪の上に蹲《うずくま》る。そして、彼は地に手をついたまま、静かに顔を上げた。

篝火に照らしだされる少年の顔。

薄闇の中に、蒼い右目と緑青《エメラルドグリーン》の左目が浮かび上がる。

その瞬間、ボクは思わず目を見開いた。

「あ、あいつは!?」

声が震える。そこにいたのは虹彩異色《オッドアイ》の少年。薄《うっす》らと見覚えのある少年の姿が、そこにあった。

少年の瞳が淡い光を放つのと同時に、彼の周囲で地面が波打ち始め、茶色く汚れた雪が大きく盛り上がって、何かを形作り始めた。

「こ、これは、ギ、恩寵《ギフト》!?　そ、総員抜剣！　恩寵《ギフト》を使わせてはいけません！」

ミットバイセが上擦《うわず》った声でそう叫ぶと、衛兵たちは剣を抜き払って、少年目掛けて駆け出し始める。

だが、彼らが少年の元へと辿り着くより早く、茶色く汚れた雪が、少年の背丈ほどもありそうな巨大な拳となって、地面から突き出してくる。続いて、『ズザザザッ！』という雪崩のような轟音と共に、その拳の本体――雪の巨人が身を起こした。

「ば、馬鹿な……！　高位の恩寵《ギフト》は、全て最低等級にまで堕ちたはずではないのですか！」

声を震わせて狼狽するミットバイセ。

姿を現した上半身だけでも、優に十シュリット（七メートル）を超える巨体。そんな化け物を使役しようというのだ。誰がどう見てもそれは、高位の恩寵《ギフト》としか思えなかった。

兵士たちはたじろぎ、ジリジリと後ずさっていく。剣を投げ捨てて逃げ出さないのは、むしろ立派だとさえ思うが、流石にこれは、相手が悪すぎる。

「えぇぇい！　弓兵！　何をしているんです！　あの少年です！　あの少年を狙いなさいッ！」

ミットバイセがヒステリックに喚き散らした。

取り乱すのも、まあ仕方がないことだろう。文官の彼は、戦場に慣れていないのだから。

だが、彼の指示は一応、理に適《かな》っている。恩寵所持者《ギフトホルダー》を相手にするならそれしかない。生身の本体を直接狙うしかないのだ。

だが、少年は既に巨人の背後。狙いをつけることなどできはしない。弓を手にした衛兵たちは戸惑いながらも、巨人の頭を越えるように、空を目掛けて矢を射かけ始めた。

◆◇◆◇◆

雪の巨人が身を起こすのと同時に、僕は背後を振り返って、迎賓館の入り口へと声を上げた。

「レナさん！」

「おう！」

僕の呼びかけに応じて、扉の陰からレナさんを先頭に、姫さま、エルフリーデ、最後にロジーさんが飛び出してきて、馬車の停めてある方へと走り始める。

兵士たちからは、こちら側は見えていないはずだ。そもそもこんな巨大なものを産み出したのは、彼女たちの姿を隠すためでしかない。

実際は演劇の舞台装置のような張りぼて。あの雪の巨人の中身は空洞なのだ。

素材となる雪が薄っすらと積もった程度でしかないのだから、これだけの巨体を造り出そうと思えば、薄く引き延ばすより他に方法はない。

とはいえ、衛兵たちがそれを知る由もないわけで……。

巨人の向こう側からは驚愕と慄《おのの》きに彩られた、衛兵たちのざわめきが引っ切りなしに響いてくる。

「坊ちゃまも、お早く」

「はい！」

彼女たちのあとを追って僕が駆け出すのとほぼ同時に、衛兵たちの方から男の甲高い声が聞こえてきた。

「えぇぇい！　弓兵！　何をしているんです！　あの少年です！　あの少年を狙いなさいッ！」

一瞬の間を置いて、弓弦《ゆんづる》の震える音が響き渡る。暗い夜空を彩る星のように、無数の矢じりが光って、雪の巨人の頭を飛び越えて飛来した矢が、つい今の今まで僕がいた辺りの地面に、次々に突き刺さっていくのが見えた。

まさに間一髪、背中を冷たい汗が滴り落ちる。少し遅れていたら、今頃、僕は針鼠《はりねずみ》になっていたのかもしれない。

雪の巨人の背を抜け出たあと、僕らは身を屈めながら、植え込みの陰を駆け抜ける。馬車の停めてある辺りまではそう遠くはない。幸いにも馬車の周辺に篝火はなく、衛兵たちの姿もほとんど見当たらなかった。

暗闇の中、僕とレナさんは足音を殺してエルフリーデ専用の高級馬車《キャリッジ》へと駆け寄り、キャビンの扉を開けて、植え込みに隠れたままの姫さまとロジーさん、ついでにエルフリーデを手招きする。

隣の馬車のキャビンからこっちを見ていた驚き顔の御者と目が合って、僕は唇の前に指を立てる。わけが分かっていないのだとは思うけれど、御者は顔を引き攣《つ》らせて、首の関節がダメになった人形みたいに、コクコクと頷いた。

全員が乗り込んだのを見届けて、僕とレナさんが御者台に飛び乗ると、二頭の馬たちがぶるりと首を振るって、背中に積もった雪を跳ねのける。

比較的寒さに強い、脚の太い馬種ではあるけれど、それでも流石にこの寒さは堪えるのだろう。二頭はすぐにでも走り出したげに、足を踏み鳴らした。

あらためて見回してみれば、僕らは今、威嚇するように両腕を振り上げる雪の巨人と、それに対峙する衛兵たちを横から眺める位置にいる。外へと続く門はその向こう側。王宮から脱出するには、衛兵たちの前を突っ切って、城門を突破するしかない。

「ははッ！　盛り上がってきやがった！」

「なんで楽しそうなんですか……」

この人、心臓に毛が生えてるよ、絶対。

「うっせ！　どうせやらなきゃならねぇなら、楽しまなきゃ損ってもんだ」

「……行きますよ！」

「おう！　やっちめぇ！」

僕は恩寵《ギフト》を解除する。

その瞬間、雪の巨人が激しく身を震わせて破裂した。飛び散った雪が大瀑布《だいばくふ》のように降り注ぎ、衛兵たちのどよめきが響き渡る。ここからが正念場だ。レナさんが勢いよく鞭を入れると、二頭の馬が大きく嘶《いなな》いて、馬車が動き始めた。

「突っ込むぞ！」

「はいっ！」

今の今まで雪の巨人が居座っていた場所。舞い散る雪で白く煙《けぶ》るそこに、僕らを乗せた馬車が突入する。不意打ちのような状況に、衛兵たちは呆気に取られたような顔で、駆け抜けていく馬車を、ただ目で追っていた。

顔を叩く雪に目を細めながら、僕は衛兵たちの方へと視線を向ける。惚《ほう》けたような表情の武装した集団。その一画を陣取っている苔色《モスグリーン》の見慣れない服を纏った一団が、僕の目に飛び込んできた。

――なんだ？

鶏卵に鶉卵《うずらたまご》が一つ混じっていたかのようなあからさまな違和感に、僕の目がその一団へと吸い寄せられる。苔色《モスグリーン》の一団、その内の一人と目があった瞬間、ゾクゾクッと背中を何か冷たいものが駆け抜けた。

それは女の子みたいな華奢《きゃしゃ》な体つきの少年。雪に濡れた黒髪、長く伸びた前髪が片目を覆い隠し、隠れていないもう一方の目が、釘を打つような鋭い視線を僕へと投げかけていた。

「死にたくなかったら、そこを退《ど》きやがれぇえええっ！」

レナさんの絶叫に、僕はハタと我に返る。慌てて正面へと目を向ければ、外へと続く門は、もはや目と鼻の先。その開いたままの門前に、武器を手にした衛兵たちが立ちはだかっているのが見えた。だが、僕らは停まるわけにはいかない。

「おらぁっ！」

レナさんが力任せに鞭を入れると、馬車はますます速度を上げた。

「ひっ⁉」

「うわぁああ――――！」

物凄い勢いで突っ込んでくる馬車に、衛兵たちが慌てて逃げ惑う。彼らが左右へと飛び退くと、岩が滝川の水を分かつかのように、馬車の前に道が開けていく。

そして、飛び交う衛兵たちの悲鳴と怒号を背に、僕らは門を抜けて、ついに王宮の外へと脱出した。

◆◇◆◇◆

「イヤッハァ――――！」

疾走する馬車の上、大きく安堵の息を吐いた僕の隣で、レナさんが素っ頓狂なはしゃぎ声を上げた。

王宮から真っ直ぐに伸びる中央大通り。踏み荒らされて茶色く汚れた雪が積もるそこに、僕らを乗せた馬車の、馬蹄と車輪の音が響き渡る。

王都ブライエンバッハは、城砦都市だ。

北端に位置する王宮から南門までを真っ直ぐに貫くこの道を中心に、町は三つの区画に分けられている。王宮周辺には寺院が集まっていて、そこを越えれば、西側が貴族たちの王都別邸が立ち並ぶ区画、東側が庶民たちの住まう区画となっている。

寺院が立ち並ぶこの辺りは比較的静かだが、正面に目を向ければ、南西の方角で紅い炎が夜空を焦がしている。貴族の屋敷が襲撃され、略奪が始まっているのだろう。

道の先からは風に木の葉が揺れるような、ざわざわとした声が引っ切りなしに響いていて、遠目にも多くの人が道に溢れているのが見て取れた。

「こりゃ抜けられそうにねぇな……」

あんなところに貴族丸出しの高級馬車《キャリッジ》で突っ込もうものなら、今度は庶民たちが襲い掛かってくるのは想像に難くない。

「迂回するか、馬車を捨てるか……」

僕がそう呟くのと前後して、背後のキャビンでエルフリーデが悲鳴じみた声を上げた。

「お、お義兄さまっ！　追っ手が！　追っ手が参りましたわ！」

「……僕はもう、お前の義兄《あに》じゃない」

そう吐き捨てながら背後を振り返れば、完全武装の騎兵が数騎と衛兵を荷台に満載した荷馬《ワゴ》車《ン》が、すごい勢いでこちらへと走ってくるのが見えた。

「ちっ！　追ってきやがったか！」

「レナさん、つ、次の角を曲がりましょう！」

まっすぐ逃げれば、暴徒と化した庶民たちの只中に突っ込むことになる。僕が馬車の入れそうな脇道を指さすと、レナさんが声を荒らげた。

「簡単に言うんじゃねぇぞ！」

曲がれと言われても速度に乗った馬車が、そんなに都合よく曲がれるはずがない。だが、他に何かよい手があるわけでもないのだ。

「しゃーねぇ！　掴まってやがれ！」

レナさんは必死の形相で身体を傾け、力任せに手綱を手繰り寄せる。

馬車馬は通常よりも一回り小さなクォーターホースではあるけれど、それでも体重は八十五オンスロット（約五百キログラム）を超える。

だが、彼女の腕力は尋常ではなかった。手綱がミチミチと音を立てて、馬は引き倒されそうになりながらも、必死に脚をバタつかせて旋回する。飛び散る雪。途端に横向きのベクトルの力が車体を押し流し、半狂乱の女みたいな悲鳴を上げて、後輪が石畳の上を滑った。

「「「きゃぁあああ――――！」」」

背後のキャビンからは、姫さまたちの転げまわる音と悲鳴が聞こえてくる。左右に振り回された車体が寺院の壁面を擦って、金細工の飾りと石壁の間で火花が飛び散った。

それでもどうにか曲がり切った。安堵の溜め息が唇の手前まで昇ってきたところで、僕は思わず目を見開く。

「レ、レナさん！」

「うるせぇ、舌噛むぞ！」

曲がり切った先の脇道。そこは寺院巡礼の旅人相手の露店が軒を連ねる屋台街だった。道幅いっぱいに広げられた安っぽいテーブルと椅子が、我が物顔でそこを占拠していたのだ。

本来、馬車が通行するような道ではないのだろう。しかし、もう、どうすることもできない。僕らの乗った馬車は、けたたましい音を立てて、テーブルと椅子を蹴散らしながら屋台街を駆け抜ける。

その場にいた人々は悲鳴を上げながら逃げ惑い、道の脇へと飛び退いて、壁に張り付くように、僕らが通り過ぎていくのを見送っていた。

そんな人々の中で、やけに身なりの小綺麗な男が声を荒らげる。金糸で縁取られた白の上下を纏った、いかにも女を食いものにしそうな雰囲気の優男だ。

「ばっか野郎っ！　殺す気かっ！」

「ごめんなさ――――い！」

背後から聞こえてくる男の罵声に詫びながら、僕らは一目散にその場から走り去った。

◆◇◆◇◆

「ばっか野郎っ！　殺す気かっ！」

俺は腕を振り上げながらそう声を上げたあと、思わず首を捻った。よく考えてみれば、今の暴走馬車、その手綱を握っていた人物には見覚えがある。

「あれ……レナちゃんだったよな？」

いかにもお淑《しと》やかなご令嬢という感じだったあの頃とは、少し雰囲気が違う気もしたが、この俺が女の子の顔を見間違うわけがない。かわいい女の子は世界の宝だ。彼女に手渡された恋文は、今も実家の戸棚の奥に大切にしまってある。

「ふーん、こんなところで出会っちまうなんて、これが運命ってやつなのかな？」

ちょっとした不幸な出来事のせいで会えなくなってしまったが、あれから既に五年。あの頃は乳臭いガキだった彼女も、今なら立派なレディに育っていてもおかしくはない。

彼女の乗った馬車のあとを追って、甲冑姿の兵士を乗せた馬が駆けていくのを眺めながら、俺も追いかけるべきかな？　と、逡巡《しゅんじゅん》していると、背後から誰かが俺の肩を叩いた。

「旦那、ティモの旦那……」

「ん？　なんだい？」

振り返ると、そこには豚みたいな顔をした矮躯《わいく》の男が、下卑《げび》た微笑みを浮かべて立っている。

俺が長年贔屓《ひいき》にしてきた情報屋のタルゾだ。見てくれが悪いのと、金にがめついのが珠《たま》に傷だが、情報屋としての腕は決して悪くない。

「買っていただきたい情報があるンですがね。旦那、旬の情報ですぜ」

「旬の情報って……。要は反乱がらみの話ってことだろ？　悪いけどさ、爺ちゃんの遺言で、他人様の喧嘩にゃ首を突っ込まないことにしてるんだよね。危ないし」

「へー、そりゃ残念。さっきの馬車が運んでるモノを手に入れりゃ、すんげぇ金になるってな情報なンですがね」

「よし、買った！　その情報買おうじゃないか！」

俺が身を乗り出すと、タルゾが腫れぼったい瞼《まぶた》の下の目を丸くした。

「変な顔するんじゃないよ。かわいい女の子とお近づきになれて、そのうえすげぇ金になるなんて話なら、いくらでも聞くし、金も出すさ」

「かわいい女の子ってのはよく分かりやせんが……旦那、お爺さまの遺言はいいンですかい？」

「ん？　遺言？　なんだそりゃ？　ウチの爺さんなら、まだピンピンしてるけど？」

俺がそう答えた途端、タルゾが、何か変なモノでも口ん中に突っ込まれたみたいな顔をした。

◆◇◆◇◆

首を伸ばして背後を覗き見ると、馬車のずっと後ろの方を、甲冑姿の兵士を乗せた馬が追ってくるのが見えた。数は三騎。

どうやら強引に曲がったお陰で、衛兵を満載した馬車の方は振り切れたみたいだけれど、騎兵の方は距離を稼ぐのが精一杯。流石に振り切ることはできなかったらしい。

だが、そうなると状況は一気に厳しくなってくる。大型の高級馬車《キャリッジ》を牽く馬と、何も牽いていない馬では、当然、その速度に大きな差ができる。

「レナさん！　このままじゃ追いつかれます！」

「わーってるんだよ、んなこたぁ！」

レナさんは唾を飛ばして僕に喚きたてると、背後のキャビンを乱暴に叩いて、声を上げた。

「おい！　姫さまよぉ！　東側に王都の外へ脱出できるところはねぇのか！」

一瞬の沈黙のあと、キャビンの壁ごしに、姫さまのくぐもった声が聞こえてくる。

「このまま真っ直ぐ走れば、東門があります。ただ……」

「ただ、なんだ！」

「東門の向こう側はディジレ川に面していて、跳ね橋がかかっています。この時間なら、もしかしたら跳ね橋が上がっているかもしれません」

「か――！　ったく、通れるかどうかは運まかせってことかよ！」

レナさんは参ったとでもいうように、額に手を当てて身を反らした。

その途端、馬車の車体が不自然にガクンと沈んで、キャビンの中から姫さまとエルフリーデの「ひっ!?」と息を呑む声が聞こえてくる。

「ちっ！　取り付きやがったか！」

レナさんがいまいましげに吐き捨てるのと前後して、無人の馬が馬車を追い抜いていくのが見えた。どうやら騎兵が馬車に飛び移ってきたらしい。

「おい、リンツ！　ここは任せた！」

「えっ！　あ、わ、わわわわわっ！」

レナさんが放り投げた手綱を取り落としそうになって、僕は慌てふためく。なんとか手綱を掴んで顔を上げると、レナさんがキャビンの屋根へとよじ登っていくのが見えた。

「レ、レナさん！　なにやってんです！　あ、危ないですってば！」

「危ねぇのはお前の方だ、バーカ！　ちゃんと前見てやがれ！」

「あっ、は、はい！」

僕は慌てて手綱を手繰り寄せ、速度を落とし始めていた馬に鞭を入れる。

再び馬が速度を上げると、馬車の最後尾の辺りから『ガン！』という打撃音が響いてきた。続いて聞こえてきた男の悲鳴が、そのまま背後へと遠ざかっていく。どうやら、レナさんが馬車に取り付いていた兵士を蹴落としたらしい。

「レナさーん！　大丈夫ですかっ！」

僕が背後に向かって声を上げると、キャビンの屋根の上から、レナさんの怒鳴り声が降ってきた。

「大丈夫じゃねぇ！　次が来てる！　もっとだ！　もっと速く走りやがれ！」

だが、そんなことを言われたって、二頭の馬もここまでずっと全力で走り続けてきたのだ。これ以上速度を上げることなんてできっこない。

僕が思わず奥歯を噛みしめたそのタイミングで、今度は車体の左側から『バンッ！』と何かが弾け飛ぶような音が聞こえてきた。

「きゃあああ――――っ！」

「姫さまっ！」

「もういやぁああ――！」

姫さまの悲鳴とロジーさんの慌てる声。それにエルフリーデが泣き喚く声が絡まり合って響き渡る。

慌てて車体の側面を覗き込むと、いつのまにか並走していた騎兵が、キャビンの扉を開け放ち、姫さまのものらしい、細い腕を掴んでいるのが見えた。

「んにゃろっ！　放しやがれっ！」

レナさんが素早く屋根の上に座り込んで、騎兵の顔面を蹴りつける。

「んぐっ！」

騎兵はくぐもった声を洩らして、ぐらりとよろめき、掴んでいた姫さまの腕を手放した。だが、落馬したわけではない。騎兵はすぐに体勢を立て直すと、目に怒りの炎を灯して、再び追い縋《すが》ってくる。

もう四の五の言っている場合じゃない。

「『生命の大樹《レーベンバウム》』！」

僕はキャビンの壁に手を当てて、恩寵《ギフト》を発動させた。

途端に、二頭の馬から挽具《ハーネス》の留め金が外れて、馬体を拘束していた革のベルトが弾け飛んだ。

革のベルトは石畳の上を引き摺られてズルズルと音を立て、いきなり軛《くびき》から解放された二頭の馬は、勝手に先へと走り始めて、置き去りになった馬車の速度が一気に落ちた。

「なに考えてやがる！　バカ野郎っ！」

屋根の上のレナさんが目を剥いて、僕に怒鳴り声を浴びせかけてきた。

「まあ、見ててください」

僕は彼女に微笑みかけると、あらためて正面を見据える。

馬車を牽《ひ》く馬が、何も牽いていない馬より遅いなら、重荷を取り払ってやればいい。それだけでいいのだ。

僕は大きく息を吸いこんで、腹から声を上げた。

「行っけぇえ―――！」

その瞬間、馬車がその身を震わせた。車体そのものが心臓が鼓動するかの如くに拍動する。

そして、僕らを乗せた馬車は、その前輪を高く持ち上げて、跳ね馬のように嘶《いなな》いた。

「お、ちょっ！　な、なんだァ!?」

「「「きゃぁああ――――！」」」

屋根の上から振り落とされそうになったレナさんの慌てふためく声、キャビンからは姫さまたちの、甲高い悲鳴が聞こえてくる。

馬車が重いというのなら、馬に牽かせるのではなく、僕らの乗るこの馬車そのものを馬にしてやればいい。見た目は何も変わらない。相変わらずただの馬車のままだ。だけどそこに、僕は確かに生命を注ぎ込んだ。

牽く馬もないのに、僕らを乗せた馬車はぐんぐん速度を上げていく。車体の脇から背後を覗き込むと、追ってきていた騎兵たちが、呆気に取られたような表情を浮かべたまま、どんどん遠ざかっていくのが見えた。

「あはははっ！　おもしれぇ！　おもしれぇぞ、馬鹿野郎！」

はしゃぎ声をあげながら、レナさんが御者台まで降りてくる。彼女は僕の隣に腰を下ろすと、満面の笑みを浮かべて、僕の髪をわしゃわしゃと乱した。

「ちょ、ちょっと、レナさん！　子供扱いしないでくださいよ！」

「うっせ！　褒めてやってんだからいいじゃねぇかよ。お前、十四、十五ってとこだろ？」

「ほらみろ、オレより三つも年下なんだから、まだまだガキじゃねぇか」

「む――……たった三つじゃないですか」

「……十五ですけど」

そんな他愛もないやりとりをしている内に、真っ直ぐに続く道の先、そこに東の城門が見えてきた。大陸公路へと続く南の城門に比べれば、ずいぶんこぢんまりとした佇まいの小さな門だ。

煌々と焚かれた篝火に照らし出されるその門の前には、幾人かの衛兵の姿が見えた。彼らはこちらを指さして、しきりに声を上げている。

彼らの背後の門扉は開かれたまま。だが、その門の向こう側の景色を目にして、レナさんが悔しげに顔を歪めた。

「ちっ！　間に合わなかったか！」

城門の向こう側。そこにかかっている跳ね橋が、持ち上がっていくのが見えたのだ。

わずかにでも橋が持ち上げられた時点で通行不能。だからといって、これから南門へ向かったとしても、辿り着く頃にはもう、多くの衛兵たちに封鎖されている可能性が高い。

ならば、他に選択肢はない。

「このまま突っ込みます。レナさん、しっかり掴まっててください！」

「はぁああ⁉　待て、待て！　突っ込むってお前……」

「大丈夫です！　みんなもしっかり掴まって！」

僕が背後のキャビンに向かって声を上げると、馬車は一気に城門へと突っ込んでいく。

「と、停まれ！　とま……うわぁああ――――！」

衛兵たちは手にした槍を投げ出して左右へと飛び退き、僕らを乗せた馬車は一気に城門を走り抜けて、跳ね橋へと突入する。

「マ、マジかよ……」

すぐ隣のレナさんが、頬を引き攣らせるのが見えた。橋の角度は既に五十度を超えている。躊躇《ちゅうちょ》なんてしたが最後、そのまま後ろに向かって滑り落ちてしまうに違いない。無茶苦茶なのは僕だって分かっているのだ。だが、もう後戻りなんてできやしない。

「行っけぇえええ――――！」

僕らを乗せた馬車は速度を上げて、一気に跳ね橋を駆け上がり、そして、宙を舞った。

「うわぁああ――――！」

「「「きゃあああ――――！」」」

すぐ隣からはレナさんの、背後からは姫さまたちの悲鳴が、暗い夜空に響き渡る。

橋の先端から宙へと投げ出されるのと同時に、僕は急に時間の流れが遅くなったような、そんな感覚に捉《とら》われた。

凍てつくような冷たい風が頬を叩き、眼下には氷の浮いた暗い川。水面には僕らを乗せた馬車の影が映っている。そこから視線を上へと向けると、曇天の雲間から覗いた満月が、とても大きく見えた。

だが、次の瞬間、僕は思わず目を疑った。

視界に、おかしなものが飛び込んできたのだ。

それは女性のシルエット。ドレスを纏った女性の影。それが煌々と明るい満月を背景に、まるで水面《みなも》に揺蕩《たゆた》うかの如く宙に浮かんでいたのだ。

——な、なんだ？

それは、あまりにも異常な光景だった。だが今の僕には、そんなものに気を取られている余裕は微塵もない。車体が降下し始めるのと同時に、足元から地面が消えてしまったような感触を覚えて、一気に背筋が凍りつく。

その瞬間、ちょっとした思い付きが、僕の脳裏をかすめた。

「そうだ！」

僕はズボンのポケットを弄《まさぐ》って、小袋を取り出した。ゴドフリートさんからもらった向日葵の種の入った、あの小袋だ。

「気休めにしかならないかもしれないけれど……『生命の大樹《レーベンバウム》』！」

僕は恩寵《ギフト》を発動させて、向日葵の種に生命を流し込む。この小さな種に、過剰なまでの生命を。

そしてそれを宙空に放り投げると、種は瞬時に芽吹き、落下しながら茎を伸ばして、大輪の花をつけていく。漆黒の夜空を舞い落ちる大輪の向日葵。それもすぐに萎《しぼ》み、枯れ果てて、無数の種を地上にバラまいた。

地に落ちた種は、万華鏡《カレイドスコープ》の如く、目まぐるしくその姿を変化させていく。再び芽吹き、茎を伸ばして、大輪の花をつけていく。

ディジレ川の向こう岸、疎《まば》らに雑木林があるだけの広大な雪原の一角に、誇らしげに黄金色の花を掲げる向日葵の花園が出現した。

次第に近づいてくる大地。レナさんが僕の腕にしがみ付いた。

「うおぉおお――――！　死ぬっ！　死んじまうっ！」

「そ、即死じゃなければ、僕の恩寵《ギフト》で治療できますから」

「そういう問題じゃねぇ――――！」

「「きゃあああ――――！」」

女の子たちの甲高い悲鳴を盛大に撒き散らしながら、僕らを乗せた馬車は、向日葵畑目掛け

て落下していく。

やがて地面に車輪が接触した途端、けたたましい衝突音と共に、突き上げるような衝撃が僕らに襲い掛かってきた。

夜空の黒、雪原の白を背景に、舞い散る黄金色の花弁《はなびら》。メキメキと湿った音を立てて、馬車の下敷きになった向日葵が踏み荒らされていく。

鉄柵を掴んだ腕がもげそうになるほどの振動が襲い掛かってくる。僕は足を突っ張って、宙に浮き上がりそうになる身体を必死に押さえつけた。

やがて、僕らを乗せた馬車は、向日葵畑を散々踏み散らした末に、雪原を横滑りに滑って、短い草の上に積もった雪を蹴散らしながら雑木林に突っ込んで停まった。

残響が遠ざかって、全ての音が消え去ると、凍てついた夜の静寂が戻ってくる。白い雪の上に黄色の花弁が、ひらりひらりひらりと舞い落ちた。

「ぅう……痛ってぇ……なんだよこれ、シャレになんねぇぞ」

最初に声を洩らしたのはレナさんだった。彼女はぎこちなく身を起こしながら、僕の方へと恨みがましい視線を向けてくる。確かに身体中が痛い。生きていることが不思議なぐらいだ。それでも大した怪我もないのは、向日葵のクッションが、多少なりとも衝撃を和《やわ》らげてくれたお陰だろう。

「……脱出できたんですから、大目に見てくださいよ」

僕は苦笑しながら御者台を降りて、キャビンの扉を開いた。

「皆さん、大丈夫ですか？」

「ええ、なんとか……いささか驚かされはいたしましたけれど」

「は、はい。お……お義兄さま」

「坊ちゃまこそ、よくご無事で……」

姫さま、ロジーさん、ついでにエルフリーデ。みんな口では無事だと言っているが、三人とも座席から滑り落ちて、床の上で絡まり合っているようなひどい有様だった。

ともあれ、誰にも大きな怪我はなさそうで、僕は思わず安堵の息を吐く。

あらためて対岸を振り返ると、跳ね橋は既に上がり切っていた。そう簡単に、跳ね橋を上げたり下げたりできるわけではないだろうし、追っ手が来るまで、少しは時間に余裕があるはずだ。

しかし……。さっき見たあの光景はなんだったのだろう。宙空に揺蕩《たゆた》う女性の姿を思い起こして空を見上げると、満月が雲に隠れようとしている。そこにはもう、あの女性の姿は見当たらなかった。

ともかく僕らは無事に脱出できたのだ。馬車自体は傷だらけで、車軸も歪んでしまっているようだけれど、乗り心地にさえ目を瞑《つぶ》れば、走れないことはないだろう。

「とにかく、今の内にできるだけ遠くへ逃げましょう」

「で、どこへ向かうつもりだよ？」

レナさんが御者台から顔を覗かせる。とはいえ、僕らにそう多くの選択肢は残されていない。

「……ラッツエル領へ」

4章　記憶の中の少年

「口に出して指示すれば、その通りに走ってくれますから」

　僕がそう告げると、ロジーさんはいつも通りの表情に乏しい顔で、コクリと頷いた。

「それでは、坊ちゃま、レナさま、どうぞお身体をお休めください」

　王都を脱出して二刻ほども経過した頃、僕らは大陸公路と交差して南へと延びる街道、その道沿いに朽《く》ちた小屋を見つけて、馬車を止めた。

　一旦馬車を下りて、思い思いに休息を取ったあと、いざ出発するという段になって、ロジーさんが御者を代わると言い出したのだ。それも頑《かたく》なに。

　それというのも、休憩の最中にエルフリーデがこんなことを言い出したからだ。

「あ、あの……お義兄さま、今後は、もっと慎重に恩寵《ギフト》を使われた方がよいのではないかと……」

「あん?」

　少なくとも僕は、エルフリーデの言葉を素直に聞けるような状態ではなかった。正直、話しかけられるだけでも不愉快なのだ。不機嫌丸出しで睨みつけると、彼女は「ひっ!」と身を竦ませる。だが、それでも彼女は食い下がるように言葉を吐き出した。

「ワ、ワタクシはただ心配なんです。恩寵《ギフト》は無から有を生み出す力などではありません。生命力そのものを消費しているんです。限界点も分からないのに、今日みたいな使い方をしていたら、生命力を使い果たして頓死《とんし》してしまうことだって……」

実にしおらしい物言いだけれど、彼女が心配しているのは、おそらく自分自身のことだ。この状況で僕の身になにかあれば、彼女も無事に逃れることは難しいのだから。

「うるさい！　お前に心配される謂《いわ》れはないよ」

僕はそう言って冷たく突き放したのだけれど、それを傍で聞いていたロジーさんの心中は、穏やかではなかったらしい。そして僕の疲労を軽減するために、御者を代わると言い出したのだ。

「それでは出発いたしましょう。姫さま、お手を……」

「ええ、ありがとう」

ロジーさんがキャビンの扉を開いて姫さまを中へと導くと、そのあとに続いて、エルフリーデが乗り込もうとする。だが、彼女がキャビンに片足を踏み入れたところで、ロジーさんはその襟首《えりくび》を、むんずと掴んだ。

「……あなたは、私と一緒に御者台です」

「えっ？　え？　でも、こ、これ、私の馬車……」

困惑するような表情を浮かべるエルフリーデを、ロジーさんの冷たい視線が射貫《いぬ》いた。

「……まだ身のほどが分かっていないようですね」

「で、でも御者なんて……」

「お嬢さま……いえ、惨めなエルフリーデ。あなたは以前仰っていましたよね。恩寵《ギフト》の等級こそが人の価値なのだと。お忘れではありませんよね？　今のあなたの等級を言ってごらんなさい」

「ううっ……」

「では、坊ちゃま、レナさま。どうぞお乗りください」

しゅんと項垂《うなだ》れるエルフリーデをちらりと覗き見て、僕はロジーさんへと問い掛ける。

「でも、ホントに大丈夫ですか？　そんなに心配してもらわなくても、僕ならまだ……」

無論、エルフリーデを憐れんだというわけではない。真性のお嬢さまである彼女に馬車を操らせるのは危なっかしくて仕方ないし、この寒空の下、ロジーさんに御者を代わってもらうのは、やはり申し訳ないと思ったからだ。

だが、ロジーさんは大きく首を振った。

「いけません、坊ちゃま。王族の姫さまと、異邦人のレナさまはもちろんですが、等級A以上となられた坊ちゃまは、今やこの国で一番尊い方と言っても過言ではございません。そんな方にいつまでも御者をさせるわけには参りませんから」

「そんな大袈裟な……」

「大袈裟ではありません」

そう言って、ただじっと見つめてくるロジーさんに僕が戸惑っていると、レナさんが急に話に割り込んできた。

「まあ、まあ、代わってもらえばいいじゃねぇか。どんな奴にだって休息は必要だろ？　しかし、メイド嬢。よくオレがこの国の人間じゃねぇって分かったな。もしかして言葉でもなまってたか？」

「ご自身で名乗られたではありませんか、ハイネマンと。その名を聞いたことがないとでも？」

「ちっ……」

途端にレナさんの表情が、苦虫を噛み潰したようなものになる。彼女は心底イヤそうに舌打ちすると、さっさとキャビンに乗り込んでしまった。

「それでは、坊ちゃまもお早く」

「わ、分かりました」

これ以上粘っても仕方がない。ロジーさんが言い出したら絶対に譲ってくれないのは、今に始まったことではないのだ。

キャビンに乗り込むと、レナさんは四人掛けの座席の内二席を使って、ふて寝するように横になっていた。豪胆というか、なんというか。王族の姫さまが同乗していようが、遠慮する気はさらさらないらしい。

「し、失礼します……」

軽く頭を下げながら、僕は姫さまの隣に腰を下ろした。

これまで、それなりに必死だったということもあるけれど、いざ冷静になってみると、隣に座っているのは民衆の憧れ、あの妖精姫《ニンフェ》なのだ。緊張するなといわれても、それは無理というものだろう。

キャビンの座席はひどく狭い。そもそも普通に座れば、肩が触れ合う程度の広さしかないのだ。

僕は壁際に身を押し付けるようにして、姫さまに触れないように、どうにか隙間を空ける。

やがて馬車が動き出すと、静寂の中に車輪の音が響き渡った。

窓の外では御者台に吊されたカンテラの灯りが仄《ほの》かに周囲を照らし出し、地平線の方へと目を向ければ、王都で燃え盛る炎が曇天を紅く染めていた。

ちらりと姫さまの様子を窺うと、彼女の表情は沈んでいるように思えた。

無理もない。実際、目の前で父親を殺され、生まれ育った王都から身一つで逃げ出さなければならないという状況なのだ。十四歳という年齢を思えば、人目を憚《はばか》らずに泣き喚いていたとしても、少しもおかしなことではない。

「私は……必ず戻って参ります」

姫さまが窓の外、王都の方角を眺めながら、ぽつりとそう呟くのが聞こえた。

「あの、姫さま……一つお伺いしてもよろしいでしょうか？」

「ええ、何でしょう？」

「先ほど、ゴドフリートさんに仰ってらしたことなんですけれど……」

僕がそう口にした途端、ただでさえ沈んでいた姫さまの表情に、濃い翳《かげ》が落ちた。

「……私は嘘をついてしまいました」

——あなたたちを救うために、戻ってくることになる。

やはりあの言葉は、出任《でまか》せだったということなのだろうか？

そう思ったのも束の間、それに続く姫さまの言葉は、全く予想外のものだった。

「彼らが生きている間に戻ってこれる可能性は、とても……とても低いのです」

「間に合うかどうかの問題なのですか？　というか、間に合うって何にです？」

「東西のクロイデル王国に挟まれたこの国を守ってきたのは、結局恩寵《ギフト》なのです。恩寵所持者《ギフトホルダー》のほとんどを失ったこの国は、もはや裸も同然。大義名分を得れば、東西のクロイデル王国は、すぐにも侵攻を開始することでしょう」

「でも、ゴドフリートさんたちが、魔鏡を使って新たに恩寵《ギフト》を得れば……」

姫さまは静かに目を閉じて、首を振った。

「ゴドフリートは、あれはあれで頑固な男です。恩寵《ギフト》を身に付けることは、再び、持つ者と持たざる者、つまり階級を生むということと同義なのです。それは彼らの理想の国の在り方ではありません。それに……」

「それに？」

「物理的に無理なのです。魔鏡の力を発現できるのは、王家の男子のみ。つまり、お父さまがこの世を去った今、もはや、恩寵《ギフト》が新たに生まれることはありません」

僕は思わず目を見開く。

「そんな！　他の人間には使うことすらできないなんて……」

「詳しいことは私にも分かりません。分け与えられた時点で、そうなっていたのだと聞いています。可能性があるとすれば、血の源流を同じくする、西か東の王族だけでしょう」

「分け与えられたというのは？」

そう問いかけると、彼女は僕の目を見据えて口を開いた。

「遠い昔、東西、そしてこの中央。三つのクロイデル王国が一つの国だったことは、あなたもご存じでしょう。英雄と名高いデスモンド王は、自身の息子たちが王位を巡って争うのを憂い、国を三つに分けて、それぞれに引き継ぎました。そして、互いの力関係が均等になるように、国宝を分け与えたと聞きます」

「その国宝がイラストリアスの魔鏡なのですか？」

「その一つです。デスモンド王は、凡愚な末息子には最も強力な『イラストリアスの魔鏡』を、武勇に優れた次男には『魔剣デルヴィンク』を与え、そして……最も賢かった長兄には、何も与えなかった。そう言われております。その結果、末息子の国はこの恩寵《ギフト》の国、中央クロイデルに、次男の国は尚武の国、西クロイデルに。そして長兄の国は学問の国、東クロイデルとなったと言われています」

「何も与えられなかったという長兄は、さぞ不満だったのでしょうね……」

「おそらくそうなのでしょう。だからなのかは分かりませんが、東クロイデルでは『魔術』という学問が盛んなのだと聞きます」

「魔術？」

「簡単に言えば、恩寵《ギフト》の力を模倣する方法です。とはいえ模倣は模倣。所詮は人の手による真似事でしかありません。炎一つを生み出すのに、膨大な量の詠唱と触媒を必要とする、役に立たない代物。私はそう聞いておりました。ですが……。あの『反転』は東クロイデルの魔術だったのではないかと……。今はそう考えております」

「まさか！　ゴドフリートさんが東クロイデルの手先だと、そうお考えなのですか？」

顔の筋肉が強張っていくのを感じる。だが、姫さまはそんな僕を見据えて、静かに首を振った。

「いいえ、ゴドフリートがそういう人間ではないことぐらい、私にも分かっております。おそらく彼らの理想を、東クロイデルに上手く利用されたのだと、そう見るべきでしょう」

もし本当にそうなのだとしたら、ロクでもない国には違いないけれど、他の国の人間にこの国を好き放題にされているという事実は、不愉快極まりない気がする。そして、そのおかげで僕は死を免れ、『神の恩寵《ギフト》』を手に入れたのだと思うと、なおさら心がザワザワした。

「東が侵攻を始めれば、西も黙ってはいません。ゴドフリートたちの打ち立てた彼らの理想の国はきっと、東西の争いの狭間《はざま》で擂《す》り潰されてしまうことでしょう」

姫さまがそう言って目を伏せると、突然、『ガバッ！』と、レナさんが身を起こした。

「なかなか面白い話をしてるじゃねぇか。間に合わないって言い方にゃあ、対抗する手段はあるが時間がかかる、そう言っているように聞こえるんだけどよぉ、姫さま」

「そうです」

するとレナさんは呆れたと言わんばかりに、大袈裟に肩を竦めた。

「ばっかじゃねぇの？　オレは西クロイデルの人間だぞ。オレの前でそんな話していいンかよ？　祖国の利益のために、俺がここで剣を抜いたらどうすンだよ？」

だが、姫さまは静かに、どこか寂しげな微笑をレナさんへと向けた。

「幸いにも、王都を追われた私は、どうしようもない弱者です。あなたの師は、常に弱者の側につくことを善しとされてきた方なのでしょう？　『剣聖の弟子』レナ・ハイネマン殿」

「ちっ……どいつもこいつも」

レナさんはいまいましげにそう吐き捨てると、こちらに背を向けてゴロリと横になった。

姫さまはその背を眺めて静かに微笑み、そして、僕の方へと向き直る。

「そういえば、あなたのお名前を伺ってもよろしくて？」

「あ、はっ、はい、リンツです」

「リンツ・ラッツエル？」

「違います。僕は庶民ですから家名はありません。ただのリンツです」

姫さまの表情に変化はない。考えてみれば、姫さまは僕とゴドフリートさんとの会話を傍で聞いていたのだから、僕の名も、僕が下男に落とされたことも、既に知っているはずなのだ。

念のための確認ということだろうか？

「では、リンツ。あなたに一つお願いがあります」

「お願い……ですか？」

「ええ、等級A以上の恩寵所持者《ギフトホルダー》、リンツへのお願いです。荒野を臨《のぞ》む南の要衝。ノイシュバイン城砦まで、私を連れていってくださいませんか？　無論、今や私は国を持たない亡国の姫でしかありません。できるお礼もありませんから、あなたの憐みにすがるしかないのが実情ですけれど……」

「そこに行けば、何か？」

姫さまは僕の目を見つめて、力強く頷く。

「上位等級の者は、今夜の夜会に列席することを義務付けられておりました。ですが、幾人か、訪れることができなかった方がおられます。ノイシュバイン城砦には、その中の一人。お父さまに疎《うと》まれて出席を許されなかった方……私の先生がおられます」

◆◇◆◇◆

僕らを乗せた馬車は夜通し走り続けて、太陽がイルビック山脈の遠い山並み、その稜線《りょうせん》を赤くなぞる頃には、ラッツエル領の北端へと差し掛かろうとしていた。

ラッツエル領は王都ブライエンバッハより、南東へ三十マイレン（約九十キロメートル）。王都を含む王家直轄領に隣接する小領地だ。

男爵さまが本邸を構えるステラブルクを中心に、大陸公路の中継地として、都会とはいえないまでも、それなりに栄えていた。

僕らが目指すマルティナさまの屋敷は、ステラブルクから小一時間ほど外れた所にある。

複数の妻を娶《めと》った貴族は、本邸にて共に暮らす正妻を除いて、それぞれの妻に屋敷を与えることになっている。そして、その屋敷の位置は、領主の本邸を中心に円を描くように一定の距離を取って建てられることになっているのだ。

車窓から外を覗き見れば、周囲は既に見慣れた風景。あと四半刻ほどもすれば、屋敷へと辿り着くはずだ。

向かいの席では、外した胸甲《ブレストプレート》を足下に放り出したレナさんが、短衣《チュニック》が捲れ上がって剥き出しになったお腹をボリボリと掻きながら、豪快にいびきをかいている。見た目はそれなりに綺麗なだけに、なんというか……うん、残念な人だ。

いっぽう、姫さまは、すうすうと上品な寝息を立てている。

姫さまのお願いに、僕は明確な返事をしていない。特に返事を強要されるようなことはなかったし、あのあと、少しばかり会話を続けた末に、気付いてみれば、姫さまは僕の肩にもたれ掛かって、安らかな眠りに落ちていた。

身体がくっつかないようにとか、せっかく、気を遣って座っていたのに、姫さまは余りにも無防備。おかげで僕は身じろぎ一つできないまま、朝を迎えることとなった。

でも……あらためて見ると本当に綺麗な人だ。

起きている時には凛々《りり》しく賢いというのに、眠っている時のあどけない表情はとても可愛らしい。

ほっぺた柔らかそうだなぁ……。などと考えながら顔を上げたら、御者席側の小窓からロジーさんが表情のない顔で、じっとこちらを見ていた。

「坊ちゃま、そろそろ到着いたします。が、もし坊ちゃまがお望みでしたら、しばらく屋敷の周りを周回いたしますけれど？」

うん……お願いですから、そういう気の遣い方はやめてください。

◆◇◆◇◆

「うっわー、ひでぇな、こりゃ！」

キャビンの扉を開いた途端、レナさんが声を上げた。

窓は悉《ことごと》く破られ、玄関口《ファサード》に至っては、扉が黒く焼け落ちている。

やっとの思いで辿り着いたマルティナさまの屋敷には、ありありと略奪の跡が刻み込まれていた。

——こんな様子じゃ、マルティナさまも……。

僕の脳裏に、そんな不吉な想いが過ったのとほぼ同時に、

「お母さまぁあ——————！」

エルフリーデが御者台から飛び降りて、スカートの裾をたくし上げながら、屋敷の中へと駆けこんでいくのが見えた。

「あのバカ！」

屋敷の中には、まだ略奪に加わった連中がいるかもしれないのだ。マルティナさまのことが心配なのは分かるけれど、考えなしにもほどがある。

「レナさん！　ちょっとの間、姫さまをお願いします！」

「あいよー」

僕はレナさんに姫さまを託すと、ロジーさんと一緒にエルフリーデのあとを追った。

◆◇◆◇◆

結局、屋敷の中に、マルティナさまの姿はなかった。

いや、マルティナさまどころか、猫の子一匹見当たらなかった。

屋内はどこもかしこも略奪の限りを尽くされたあとで、金目の物は壁の装飾に至るまで引っぺがされて、何もかもが持ち去られているような有様だった。

だが、死体どころか血の跡一つ見当たらないのは、それはそれで幸いだった。

マルティナさまも無事に逃れられたに違いない。そう思えるからだ。

僕らがエルフリーデを見つけた時には、彼女はボロボロになったマルティナさまの部屋で、膝を抱えて泣きじゃくっていた。

最初は可哀そうな気がした。慰めなきゃならない、そんな気もした。でも、それをしてしまえば、彼女を許してしまうことになりそうで、それはそれで受け入れられない自分がいた。

いくらかの葛藤の末に、最後にはどうして僕が悩まなきゃいけないいんだと、理不尽な苛立《いらだ》ちが込み上げてきて、だからつい、僕は声を荒らげた。

「泣くな！　おい！　行くぞ！」

僕はエルフリーデを怒鳴りつけ、びくりと身体を跳ねさせる彼女を睨みつけたのだ。

ロジーさんが、それをどう思ったのかは分からない。

彼女はいつも通りの表情に乏しい顔で、ただじっと僕を見ていた。

それから僕らは姫さまたちの所へ戻って、比較的損傷の少なかった使用人の居住棟、その食堂でテーブルを囲んで、これからのことについて話し合うことにした。

窓から差し込む朝陽が、宙を舞う埃《ほこり》を、まるで美しいものででもあるかのように、きらきらと照らし出している。

四人掛けのテーブルには僕、ロジーさん、姫さま、レナさんが腰を下ろし、エルフリーデは部屋の隅に座り込んで、膝を抱えていた。

「まさか、こんな所にまで反乱の手が伸びて来てやがるとはな……たった一晩だぞ、おい」

「王都で貴族の屋敷を襲っていた庶民たちもそうですけれど、衛兵たちが迎賓館に踏み込むのと同時に庶民を煽動するよう、周到に企《くわだ》てていたのでしょうね。この分ではどこの領地も同じような状況かもしれません」

レナさんがテーブルに肘をついて不機嫌そうに口を開くと、姫さまは俯《うつむ》き、沈んだ声音でそれに応じる。どうともしがたい重苦しい空気の中で、僕はぐるりと皆を見回して口を開いた。

「しばらく休んだら、ここを出発しようと思うんですけど……」

僕がそう告げると、ロジーさんが首を傾げた。

「出発？　どちらへですか？」

「ノイシュバイン城砦です」

途端に姫さまが顔を上げる。その目は、驚きに大きく見開かれていた。

「リンツ……よろしいのですか？」

僕は姫さまに微笑みかけて、ロジーさんへと向き直る。

「昨晩、姫さまが仰ったんです。ノイシュバイン城砦まで送り届けてほしいって。いつまでもここに隠れているわけにもいきませんし、どうせ他に当てもありませんから」

ロジーさんの顔には、何の表情も浮かんでいない。僕の話が途切れると、彼女は「坊ちゃまがお決めになったことならば……」、そう呟いて、静かに頷いた。

「レナさんはどうします？」

「どうしますって……。こんなところで投げ出すわけにゃいかねぇだろうが」

そして、僕はエルフリーデの方へと視線を移す。僕と目が合うと、彼女は怯えるように抱えた膝の間に顔を埋《うず》めた。

「……はぁ」

思わず、溜め息が零れ落ちる。

本心を言えば、彼女は顔も見たくない相手なのだ。勝手に何処へでも行け。そう言ってやりたいところではあるけれど、ここで放り出すことは、殺してしまうことと大差がない。

……男爵家の本邸まで連れていくか？

いや、ここですらこんな状況なのだ。ステラブルクの男爵家本邸など、なおさら絶望的だろう。一度助けてしまったのだ。迎賓館でのあの差し迫った状況でならともかく、ここで放り出せるほど、僕は非情にはなれそうにない。結局、彼女も連れていくしかないのだ。

「では、出発まで休息と身支度の時間に充てるということでしたら、皆さま、ずいぶん汚れておられますので、取り急ぎお湯をご用意いたします」

そう言ってロジーさんが席を立つと、エルフリーデが抱えた膝の間から、そっと顔を上げた。お湯という言葉に思わず反応してしまったのだろう。彼女も夥《おびただ》しい血飛沫《ちしぶき》を浴びて、血塗れのままなのだ。

「……何を見ているのです」

「え、うぁ……ご、ごめんなさい」

ロジーさんの感情のない視線に射すくめられて、エルフリーデが慌てて顔を伏せる。すると、ロジーさんはツカツカとその傍へと歩み寄り、エルフリーデは怯えるように後ずさって、壁に背中を押し付けた。

「な、なに？」

「お嬢さま……いえ、惨めなエルフリーデ。あなたは坊ちゃまに許していただきたいのですか？」

ロジーさんの思いもかけない問いかけに、僕は思わず眉根を寄せる。

――それは無理。

エルフリーデの顔を見る度、声を聞く度、あの苦渋に満ちた日々が脳裏をかすめるのだ。

だが、そんな僕の胸の内をよそに、エルフリーデが戸惑うような表情を浮かべながら、コクコクと頷くのが見えた。

「ならば、坊ちゃまのお役に立つしかありません」

「役に……立つ？」

「ええ、アナタがいないと困る。坊ちゃまが、そう思われるほどに」

大きく目を見開くエルフリーデ。そんな彼女の瞳をじっと見据えて、ロジーさんはこう言った。

「ですから……まずは、お湯をご用意するのを手伝ってください」

◆◇◆◇◆

「閣下、魔導兵団の派兵について、女王陛下から許可が下りました。実験を兼ねてということであれば、ヘクトールは十二体まで使用してよいとの仰《おお》せです」

「わーぉ、大盤振る舞いじゃないか、あのガメついオバさんらしくないねぇ」

ボクがソファーに腰を沈めたまま、首だけで背後を振り返ると、銀縁眼鏡にへの字口。コゼットは相変わらずの不機嫌そうな顔で、そこに立っていた。全く愛想の欠片《かけら》もありやしない。

昨夜、盛大に貴族たちの血が流れた中央クロイデルの王宮。ボクら東クロイデル王国の技術班は、その離れの一室に滞在していた。

この広大な王宮の主は、既にこの世にいない。なのに、それにとって代わった連中の首謀者は、自分が玉座に座る気はさらさらないらしい。皆で話し合って、仲よく国を営んでいくのだそうだ。はっきり言ってその辺りの感覚は、ボクにはさっぱり理解できない。

まあ……理解しようという気もないのだけど。

「じゃあさ、コゼット。早速だけど研究所《ラボ》に連絡を取って、転移術式の準備させといて。あと、一緒にボクのサラバンドの整備も忘れずにって」

「かしこまりました」

コゼットは耳に填《は》めた魔導通信機に手を当てると、研究所《ラボ》との通信を開始する。たぶん、研究室《ラボ》の連中は渋るだろうけれど、まあ、そっちは彼女に任せておけば大丈夫だろう。

ボクはソファーの向かいに座っている、堅苦しい顔をした技術者の方へと向き直った。

「で、ジョルディ君。ディートリンデ姫の方はどうなのさ?」
「はっ、『追跡《トラッセ》』で捕捉しております。現在は、南東約三十マイレン(約九十キロメートル)ほどの位置、そこに留まっておるようです」

ジョルディ君は魔導鋼板をボクの方へと差し出して、そこに表示されている地図、その上で明滅する赤い光点《ブリップ》を指さした。

「……ラッツエル領だね」

声音に苦いものが混じるのは仕方がない。その場所には、苦い想い出しかないのだから。だが、ディートリンデ姫たちが向かう先、それがラッツエル領だというのは、なかば予想していたことでもある。なにせ、あの少年が一緒なのだから。

実際、虹彩異色《オッドアイ》の人間など、そうそう転がっているモノではない。青と緑青《エメラルドグリーン》の虹彩異色《オッドアイ》。その程度の記憶でしかなかったが、ラッツエル領で留まっているということが事実なら、やはりあの少年はボクの記憶の中の少年と同一人物だったということだ。

だが、それならそれで、いくつか疑問が湧いてくる。

昨晩、迎賓館に彼がいたのは何の不思議もないけれど、どうして『反転装置《フラッパー》』の影響を受けずに、恩寵《ギフト》を行使できたのかということが一つ。もう一つは、養子とはいえ貴族の癖に、どうしてあんなみすぼらしい恰好をしていたのかということ。

納得のいく仮説を組み立てようと思考を巡らせていると、唐突に扉をノックする音が響いた。

ボクとジョルディ君は互いに目を見合わせて頷き合う。ボクは立ち上がって部屋の隅へと移動し、ジョルディ君は、ボクの座っていた上座に移った。

流石に東クロイデルの宰相が直々に出張ってきていると知られれば、無用な警戒心を抱かせてしまうことになる。故に、ここではボクはただの技術者見習い。ジョルディ君の部下ということで通しているのだ。

「どうぞ」

ジョルディ君がそう呼びかけると、扉が開いて、二人の男性が部屋へと入ってくる。

「失礼する」

一人は聖職者のような白いローブを纏った、糸のように細い眼をした男。もう一人は短く刈り込んだ髪に、角ばった顔をした、厳《いか》つい大男だ。

「ミットバイセ殿に、ゴドフリート殿……でしたね、魔鏡は見つかりましたか？」

ジョルディ君が口を開くと、ミットバイセはわずかに目を逸らした。

「申し訳ない……。やはり、ディートリンデ姫が持っておられるとしか……」

「なるほど。しかし、それは困ったことになりましたね。イラストリアスの魔鏡を手にすることは、我らが女王陛下の悲願。今や遅しと、陛下は首を長くしてお待ちになっておられるのです」

彼らはある人物の仲介で、女王陛下に反乱への助力と、反乱後にできる新しい国への庇護を求めてきた。陛下が見返りとして求めた条件は、中央クロイデルの至宝――イラストリアスの魔鏡の引き渡しなのだ。

もしかしたら、陛下は無茶な条件を突きつけて、追い払うつもりだったのかもしれない。だが、反乱の首謀者であるこのミットバイセという男は、それをあっさりと承諾したのだ。曰《いわ》く、

「将来的には全ての武力を放棄し、東西のクロイデル王国と手を携えて、平和で平等な国を造り上げたい。そう望んでおります。故に力の差を産み出し、階級を造り出す魔鏡など、我々には無用の長物でしかありません」

全ての武力を放棄した、平和で平等な国？　個人的な感想を言わせてもらえば、子供っぽい妄想だとしか思えない。だが、女王陛下は彼らの求めに応じた。無論、善意などではない。

魔鏡を手に入れたあとは、じわじわと真綿で首を絞めるかのように、中央クロイデルを併合する。彼女はその辺りまで考えているはずだ。我らが女王陛下はそういう方なのだ。

ジョルディ君の視線が部屋の隅、ボクの方へと動く。ボクが小さく頷くと、ジョルディ君は、彼らに向かってこう言った。

「ならば、我々も協力させていただきましょう。魔導技術によって、姫の居所は既に掴んでお

ります。追討の兵を出す際にはお声掛けくださいい。我々も同行させていただきますので」

途端に、ゴドフリートが不愉快げに眉を顰めるのが見て取れた。だが、ミットバイセは、そんな彼の脇腹を軽く肘《ひじ》で打って、満面の笑みを浮かべる。

「それはありがたいお申し出です。ぜひ、よろしくお願いいたします。では早速、追討する兵員を手配して参りましょう」

扉の方へと踵《きびす》を返す二人。

「あの……すみません。姫さまを連れ出したあの少年は、一体何者なのですか？」

ボクが彼らの背にそう問いかけると、不躾《ぶしつけ》にも、ただの技術者見習いが声を掛けてきたことに困惑したのだろう。ミットバイセは一瞬、戸惑うような素振りを見せたあと、取り繕《つくろ》うような微笑みを浮かべた。

「ああ、あの少年なら、このゴドフリートがいくらか言葉を交わしたそうです。そうだね？ゴドフリート」

「うむ、あいつはリンツ。ラッツエル家の下男だと、そう名乗っていた」

「下男？」

「うむ、最低等級の恩寵《ギフト》を発現したがために、下男に落とされた。確かそう言っていたな」

なるほど……それでよく分かった。

あの少年は、『反転装置《フラッパー》』の影響を受けなかったわけではなかったのだ。

◆◇◆◇◆

女の子たちが身支度を調《ととの》えている間に、僕はつい先日まで生活していた厩舎へと向かって、衣装箱替わりに使っていた樽から着替えを取り出した。まあ大丈夫だろうとは思っていたけれど、やはりこんなところを漁るような物好きはいなかったらしい。

僕は服を着替え終わると、厩舎を出て、今度は隣の車庫へと足を踏み入れる。ここまで乗ってきた高級馬車《キャリッジ》は流石に目立ち過ぎるので、荷馬車《ワゴン》に乗り換えた方がいい。そう思ったのだ。

幸いにも車庫には、大小二台の荷馬車《ワゴン》が取り残されていた。

マルティナさま専用の高級馬車《キャリッジ》が見当たらないのは、持ち去られたのか、彼女を乗せて脱出したのか。

ともかく、僕は大きな方の荷馬車《ワゴン》に幌《ほろ》を張って、荷物を積み込み始める。

ノイシュバイン城砦までの旅路には、相応の準備が必要だと思っていたのだけれど、略奪を逃れたものを掻《か》き集めてみれば、幸いにも旅の準備としては、それなりに十分なものになった。

特にありがたかったのは、使用人棟の倉庫が、まるごと略奪の手を逃れていたことだ。

お陰でいくらかの食糧と、決して質がよいわけではないけれどテントが二つ。それに冬の旅路には必需品ともいえる外套《がいとう》や、毛布といった防寒具も一通り揃えることができた。

荷物が準備できれば、次は馬。厩舎には二頭の馬が残されていた。とはいえ、どちらも来月には処分される予定だった年老いた牝馬だ。売り飛ばしても金にはならない、そう思われたのだろう。

僕は、手早く飼い葉と水を与えたあと、恩寵《ギフト》でその馬たちを癒やす。流石に若返らせることは出来なかったけれど、健康状態は何一つ問題のないところまで回復させることが出来た。二頭立てならば、大型の荷馬車《ワゴン》を牽くことぐらいは出来るだろう。

あとは、女の子たちの準備が出来るのを待つだけだ。

馬を曳いて荷馬車《ワゴン》に繋いだあと、僕は荷台の上に寝転がって、幌の裏側を見上げる。

思い返してみれば、夜会に出席するために屋敷を出発したのは、わずか一日前のことなのだ。

この短い時間の間に、本当に何もかもが変わってしまった。僕の恩寵《ギフト》だけではない。

貴族という存在が駆逐され、この国自身が壊れようとしている。そして昨日、王都を目指してここを出発した僕らは、今度は真逆の方向へと逃げ出そうとしているのだ。

「ノイシュバイン城砦か……。地の果てって印象しかないけれど」

僕は身を起こすと、積み込んだ荷物の中から羊皮紙の巻物《スクロール》を取り出した。倉庫の隅で見つけたこの国の地図だ。それを荷台の上に広げて、指さしながら城砦の位置を探す。

「えーと……ここからずっと南の方だから……あった、これだ！」

王都からこの屋敷までが人差し指の第一関節ぐらい。ここから城砦までが、指三本ぐらいだからおよそ十倍。だいたい三百マイレン（約九百キロメートル）ぐらいだろうか。

馬車で一日八時間走ったとしても、六、七日は掛かる計算だ。実際は迂回《うかい》しなければならない場所もあるだろうし、もう少し時間は掛かりそうだけれど。

「……どんなところなんだろう」

そう口にしながら、僕が目を落としたのはノイシュバイン城砦という文字が記された、その更に下。そこには地名の表記もなく、ぽっかりと何もない空白が広がっている。その空白を更に南へ下って、海に面したあたりに至っては、海岸線もずいぶん雑に省略されていた。

「荒野……か」

そこは、足を踏み入れる者もない荒野。この空白だって別に手抜きというわけではない。そもそも、その先を訪れた者がほとんどいないのだ。

姫さまをノイシュバイン城砦に送り届けたあとは、そちらを冒険してみるのも悪くないかもしれない。どうせ行くあてもないのだ。僕も男の子。やはり、冒険という言葉には強く惹《ひ》かれるものがある。

僕が、まだ見ぬ大地へと想いを馳せていると、

「大変、お待たせいたしました」

荷台の外から、ロジーさんの声が聞こえてきた。

「ああ、準備ができたんで……え？」

僕は声のした方を振り返って、そのまま言葉を失った。

ロジーさんとレナさんは、身綺麗にはなっているものの、これまでとほとんど変わりはない。

僕が言葉を失った理由は、あとの二人の恰好だ。

「エルフリーデ、坊ちゃまにご挨拶なさい」

「……は、はい、メイド長さま」

「メイド長さま!?」

エルフリーデが着ているのはメイド服。それもロジーさんとは違って、スカート丈の短いやつだ。

僕が思わず目を白黒させていると、エルフリーデが前へと歩み出る。そして彼女は、スカートをちょこんと摘まんで、優雅にお辞儀《カーテシー》をした。

「お、お義兄さま、新人メイドのエルフリーデでございます。お役に立てるよう努力いたしますので……何なりとお申しつけください」

「え……ああ」

呆気に取られて、僕がついつい普通に返事をしてしまうと、エルフリーデはロジーさんの方を振り返って、恥じらうように微笑んだ。

先ほど、ロジーさんが彼女に、許してほしいなら役に立てと言っていたけれど、あのあと、この二人の間に、どんな話があったのだろう？

「坊ちゃま。私がメイド長として、この惨めなエルフリーデを一人前のメイドに躾《しつけ》て参りますので、どうぞご安心を」

「……何をどう安心すればいいんです？　これ」

僕が、思わず頬を引き攣らせると、今度は姫さまが前へと歩み出てきた。姫さまはとても楽しそうな表情。いつも凛々しい彼女らしからぬ、悪戯《いたずら》を仕掛ける子供みたいな顔をしていた。

彼女は、僕の前でくるりと一回転して、はにかむように微笑んだ。

「いかがですか？　リンツ」

「いや……いかがって言われても」

「似合いませんか？」

「そんなことはないですけれど……」

僕の歯切れが悪くなるのも、仕方がないことだと思う。

なにせ、姫さまが着ているのは男物の服。僕と同じような粗末な野良着だ。少なくとも、そんなものが似合うなんていうのは、誉め言葉ではないだろう。そしてなにより、あの長く綺麗だった髪が、首筋が全て見えるぐらいに短くなっていた。

「あの、姫さま……どうして男装なんですか？」

確かロジーさんは、彼女のために目立たないような地味なワンピースを用意していたはずだ。

「ノイシュバイン城砦までの道の途上には、いくつかの関門があります。私がディートリンデであることを悟られるようでは、そこを通り抜けることも叶いませんから」

「でも、せっかくの髪が……」

「髪はこの先また伸びます。でも、掴まって首を落とされてしまったら、首は伸びませんもの」

そう言って、クスクスと笑う姫さまを、ロジーさんが窘める。

「姫さま、言葉遣いも男性らしくなさいませんと……」

「ああ、そうですわね……。えーと、オレのことはリンデと呼んでくだ、ちょうだ、いや、くれ、なんだぜ！」

「語尾、ガバガバじゃねーか！」

姫さまの背後で、レナさんが腹を抱えて笑っていた。

「というわけで、坊ちゃま。この旅の間、私たちは、貴族の屋敷から逃げ延びた使用人の一団ということで通したいと思います」

「ああ、なるほど……」

確かに屋敷を襲撃され、故郷へ逃げ帰るところだとでも言えば、信じてもらいやすいかもしれない。街道に設けられたいくつかの関門を通る際にも、争わずに通り抜けられるなら、それに越したことはないのだ。

「それぞれの役どころは、レナさまは途中で雇った用心棒。私とエルフリーデが、メイド長とメイド。坊ちゃまと姫さまが、下男の兄弟ということでお願いいたします」

「そういうわけなの……なのだ、なんだぜ、兄さん！」

姫さまが僕の顔前で楽しげに親指を立てると、何を思ったのか、エルフリーデの表情が少し曇ったような、そんな気がした。

「あと、坊ちゃま。ご不便をお掛けいたしますけれど、包帯で片目をお隠しいただいてもよろしいでしょうか？」

「ああ、確かに……そうですよね」

言われてみれば、僕らのことを探すなら、僕の虹彩異色《オッドアイ》ぐらい分かりやすい目印はない。

「坊ちゃま、頭を少し下げていただけますか？」

ロジーさんは荷台へと歩み寄って僕の頭へと腕を伸ばし、手慣れた手つきで左目を隠すように斜めに包帯を巻きつけていく。

「キツくはありませんか？」

「うん、大丈夫です。片目だと、距離感がちょっと変な感じですけれど」

「それでは出発いたしましょう。私とエルフリーデで御者を務めますので、皆さま、お早く荷台にお乗りください」

そう言って、ロジーさんがパンパンと手を叩くと、レナさんが荷台の上に飛び乗って、姫さまへと手を差し伸べる。彼女たちが荷台に腰を下ろしてしばらくすると、ゆっくりと馬車が動き始めた。

「うへぇ……高級馬車《キャリッジ》と比べりゃ、やっぱ、ひでぇ乗り心地だな」

「でも、荷台の上なんて初めてですから、私は少し楽しいような気がいたします」

不満げに口を尖らせるレナさんに、姫さまが屈託なく微笑みかけた。

遠ざかり始めるマルティナさまの屋敷。

馬車が門へと差し掛かったその瞬間、突然、僕の脳裏を霞《かすみ》がかった記憶が過る。

既視感というのだろうか。

すれ違う馬車。その窓の奥には、今の僕と同じように、片目に包帯を巻いた少年の姿がある。

黒い髪の少年。その少年は、どこか思いつめたような表情で、僕の方をじっと見つめていた。

いつの記憶だろう？　思い出せない。

記憶の中のどこか寂しげなその風景が、しばらくの間、僕の頭の中をグルグルと回っていた。

5章　貴族狩りの集落

「路銀が尽きたんで、たまたま目についた貴族の屋敷に飛び込んで、食客になったのが運の尽きってやつさ。ったく、あのデブ！『王が望まれればぜひ、剣舞を披露していただきたい』とか抜かしやがって！」

「ああ……。それで夜会にいたんですね」

「けっ！　足下見やがって。剣士を道化師かなんかと勘違いしてやがんだよ、この国の貴族連中はよぉ！」

レナさんはいまいましげにそう吐き捨てると、頭の後ろで指を組んで、勢いよく御者台の背《せ》凭《もた》れに倒れ込んだ。

「でもそれって、レナさんに名があるからでしょ？」

「バーカ、名声があるのはオレじゃねぇっつうの。剣聖の弟子なんて大袈裟な看板背負わされた方は、たまったもんじゃねぇぞ」

「ははは……まあ、そうかも」

昼下がりの街道を南へと下っていく荷馬車《ワゴン》。その御者台には、文句を言いながらも、どこか楽しげなレナさんと、手綱を握る僕の姿がある。

マルティナさまの屋敷を出発してから、既に五日が経過していた。

途中にあった二カ所の関門は、どうにか通過することができた。男装しているとは言っても、姫さまが綺麗すぎる所為《せい》で、ずいぶん怪しまれはしたけれど。

ともかく、ここまでの旅は概ね順調と言ってもいい。

南に進むにつれて、道の両脇に積もっていた雪もいつのまにか見かけなくなって、わずかではあるけれど、頬を撫でる風も温《ぬる》んできたように思える。

荷台の方をちらりと盗み見ると、エルフリーデの膝を枕にして、すやすやと寝息を立てている姫さまの姿。荷台の一番後ろでは、ロジーさんがいつも通りの表情のない顔で、膝を抱えているのが見えた。

「で、リンツ。そのノイシュバイン城砦ってのには、あとどれぐらいで着くんだ？」

「えーと、もう、かなり近くまで来てると思いますよ。正確には分かりませんけど、たぶん、明日の朝ぐらいには辿り着けるんじゃないかなと……」

すると、背後からエルフリーデが話に割り込んできた。

「お義兄さまの仰る通りですわ。確か、このボルツ伯爵領を抜ければ、城砦はもう目と鼻の先だったはずです」

「ボルツ伯爵……か」

その名には、もちろん聞き覚えがある。とても短い間だったけれど、僕の婚約者だったアデルハイドさまは、ボルツ伯爵家の長女だったはずだ。

無論、僕にはアデルハイドさまと面識があるわけでもないので、大した感慨はない。ボルツ伯爵家が、こんなに南の方に所領を持つ貴族だということも、今、初めて知ったぐらいだし。

「ボルツ伯爵領には蛋白石《オパール》の大きな鉱床があって、頻繁に商人が往来するそうです。そのおかげで領地を縦断するこの街道には、いくつもの宿場町があると、そう伺ったことがありますわ」

「伺ったって、誰に？」

反射的に僕がそう問いかけると、エルフリーデが、なぜかすごく嬉しそうな顔をした。

「アデルハイドさまの妹君のミュリエさまです。私たち、とーってもなかよしでしたのよ！」

「ふーん、そうなんだ」

僕はわざと関心なさそうな声を出す。すると彼女はなぜか、声のトーンを少し上げた。

「夜会で久しぶりにお会いできるかと思っておりましたけれど、お姿が見えなかったところをみると、ミュリエさまの恩寵《ギフト》も、等級C以下だったのかもしれませんわね」

等級C以下——。それを口にするエルフリーデの声音に、嘲るようなニュアンスはない。その平坦な物言いが、僕には少し意外に思えた。

だが、考えてみればエルフリーデ自身、今は等級CどころかEなのだ。その物言いも当然なのかもしれない。彼女の価値観の中心には、恩寵《ギフト》の等級が居座っているのだから。

「ふーん、宿場町ねぇ。まあ、様子を見てってことになるんだろうが、王都の混乱がこっちまで伝わってなけりゃ、一日くらい宿をとるってのも悪くねぇんじゃねぇの？」

「……そうですね」

確かにそれは悪い話ではない。レナさんの言う通り、あくまで様子を見てということになるだろうけれど、ここまでの旅路はずっと野宿。結構な強行軍だったのだ。女の子たちの表情にも、多少の疲れが見て取れる。不満を口にすることはないけれど、温室育ちの姫さまの疲労具合は、特に痛々しかった。

それから二つほど丘を越えた下り坂の途中、坂道の脇の棚のようになった場所に、いくつかの建物が見えてきた。低い石の塀に囲まれた小さな集落だ。

「あれが、その宿場町ってやつか？」

「ええ、おそらく。行ってみましょうか」

集落の入り口に近づくと、そこには門衛らしき老人が一人、路傍の岩に腰掛けているのが見えた。ひどく腰の曲がった枯れ枝のような老人だ。馬車のまま近くまで寄ってみても、老人に立ち上がるような様子はなかった。

「あの、すみません。僕らは旅の者なんですけど、この集落に宿はありますか？」

「ん…………………ああ」

僕が馬車を止めて問いかけると、老人はゆっくりと頷いた。恐ろしくテンポが遅い。

「あ、ありがとうございます」

僕は礼を言って、馬車でそのまま集落の中へと乗り入れる。

門衛があの調子なら、ここはおそらく平和なのだろう。もしかしたら、王都で反乱が起こったことすら、誰も知らない可能性だってある。そしてもし本当にそうなら、願ってもないことだ。

門の内側は、一本道の左右にわずか十数軒の家屋があるだけ。本当に小さな集落だ。その一本道の行き止まりは広場になっていて、僕らのものの他に、二台の馬車が停まっていた。

一台は飼い葉を山積みにした、農家のものと思われる荷馬車《ワゴン》で、もう一台は一頭立ての小さな馬車。大きさの割に装飾過剰な、趣味が悪いとしか言いようがない代物だ。

僕は、その小さな馬車の隣に、馬車を停めた。

「さて、どれが宿屋なのかねぇ……っ!?」

馬車から降り立って、レナさんがぐるりと周囲を見回す。だが、その表情がいきなり不愉快げに引き攣った。

「どうしたんです？」

レナさんの視線の先へと目を向けると、こちらに向かって歩いてくる、一人の男の姿がある。仕立てのよさそうな白の短衣《チュニック》に、汚れ一つない新品のボトムス。にやけた口元から覗く歯がやけに白い。いかにも軽薄そうな雰囲気を纏《まつ》わりつかせた優男だ。

「いょお！　レナちゃんじゃないのさ。奇遇だなぁ。ハハッ！　元気だったかい？」

男が見た目どおりの軽薄そうな声を上げると、その瞬間、レナさんが苦虫を百匹ぐらい噛み潰したような顔になった。

「……失せろ。でねぇと、自分の首を抱えて帰ることになるぞ」

「うわー、久しぶりに会ったってのに物騒だなぁ。レナちゃんってば、だいぶ感じ変わったよね。そんな物騒な照れ隠し、初めて聞いたよ」

「誰が照れるか！」

「あの……お知り合いですか？」

僕がこっそり耳打ちすると、レナさんは男を睨みつけながら、苦々しげに口を開いた。

「詐欺師だよ。あいつとは絶対喋《しゃべ》んじゃねぇぞ。お前なんか、口先だけで身ぐるみはがれちまうからな」

「レナちゃーん、聞こえてるよー」

優男は小さく肩を竦めると、品定めするような顔で僕らを見回した。

「ふーん、田舎へ避難する貴族の元使用人……を装った、お姫さまとその護衛ってとこかな？」

途端に、冷たいものが僕の背筋を滑り落ちた。僕が身構えると、レナさんは犬歯を剥き出しにして、優男を睨みつけたままの目に力を籠める。

「……失せろと言ったぞ」

「ちっ、ちっ、ちっ」

優男は指を左右に振りながら、器用に舌を鳴らして見せた。

「つれない女の子も魅力的だけどさ、どっちかってぇと、俺は素直な娘の方が好きだねぇ」

「一回だけは我慢してやる。……失せろ」

「まあまあ、待ちなってば、レナちゃん」

そして、今度は大袈裟に肩を竦めて、彼はこう言った。

「一体、何をそんなに怒ってるんだい？」

「何を……だと？」

その瞬間、レナさんのこめかみに、ミチミチと音を立てて、青筋が走るのが見えた。

「ティモ！　てめぇが何をしたか、耳の穴から手ェつっこんで思いださせてやる！」

「あらら、意外と根に持つタイプなのね。俺ん中じゃ、結構いい思い出なんだけどねぇ。そういやぁ、あのスケベ親父、なんてったっけ？　えーっと確か、ヴィーゲルトだっけか？」

優男は「くっくっくっ」と、さもおかしげに笑いを噛みしめた。

「いやはや、もう四年は経つってのに、風の噂に聞くところにゃ、あいつ、いまだにレナちゃんにゾッコンなんだとさ。あんだけボッコボコにされたのによぉ、絶対ドMだぞ、アイツ」

「そのヴィーゲルトに、オレをいくらで売った！」

「人聞きの悪いこと言わないでおくれよ」

「……未成年を酒で潰して、変態貴族のベッドの上に放り込むってのは、売るとはいわないのか？」

――うわぁ……。

流石にソレはひどい。だが、優男はドン引きする僕らのことを全く無視して、まるで何事もなかったかのように話題を変えた。

「なあ、レナちゃん。そっちのお坊ちゃんの恰好したお姫さまを護衛してるんだろ？　どうだい？　俺の情報網があればずいぶん、楽に仕事ができると思うんだけど？　報酬は、そうだな……出血大サービスで、上がりの二割ってとこでどうだい？」

「出血したいなら、いくらでもさせてやるぞ」

そう言って、レナさんが剣を引き抜くと、優男も流石に慌てる様子を見せた。

「待て！　待てってば！　全くもう、レナちゃんってば、喧嘩っ早くなっちゃって。まあ、いいや。こういうのは信用だもんな。初回はサービスってことにしとくよ」

「いらねぇ」

「聞いて損のない話だと思うんだけど？　そっちのお姫さまなら、絶対聞きたい話だと思うんだよねぇ」

レナさんは、ちらりと姫さまへと視線を向けたあと、再び優男を睨みつけた。

「……言ってみろ。くだらねぇ話だったら、鼻を削ぎ落としてやるからな」

「怖いってば……。えーと、東クロイデルの宰相で、マルスランってのがいるんだけどさ、これがとんでもないキレもんでねぇ。反乱を起こした連中ってのは、みんなコイツの掌の上で踊ってるだけ。つまり、この国が陥っている状況ってのはだいたい、コイツが描いた図面通りなわけなんだけど……」

いきなり黒幕らしき人物の名前が出てきたことに、僕らは思わず目を丸くする。だが、そんな僕らを見回しながら、優男はさも楽しげに話を進めた。

「で、この間、そいつがまた動いたのさ」

「なんだ？　侵攻でも始めたってのか？」

「侵攻？　馬鹿言っちゃいけない。そもそも東クロイデルの女王はこの国になんか、これっぽっちも興味がないんだよ。たぶん、西にくれてやってもいいと思ってるんじゃないかな。女王がマルスランに命じたのは、あくまでイラストリアスの魔鏡を手に入れることさ」

「……馬鹿げたことを」

姫さまが、悔しげに呟くのが聞こえてきた。

「表向きは反乱軍の連中が魔鏡と引き換えに、東に助力を求めたってことになってるけど、俺はむしろ逆なんじゃないかと思ってるんだよね。つまりイラストリアスの魔鏡を手に入れるために、反乱軍が東に助力を求めるように仕向けたってこと。まあ、それはともかく、反乱は成功したってのに、どこをどう探しても、一向に魔鏡が見つからない。そうなれば誰かさんが持って逃げたっていう結論に行きつくのは、とっても自然なことだと思うんだよね。ねぇ、お姫さま」

僕らは、思わず息を呑む。

「……で、動いたってのは、そいつが追っ手を差し向けたってことか？」

レナさんが問いかけると、優男は満面の笑みを浮かべた。

「おーっと！　サービスはここまで！　今日のところは俺も引き上げるけど、ここから先を生き延びたけりゃ、情報ってすごーく大事だと思うんだよね。俺は」

「……なんとかなりませんか？」

ロジーさんがそう問いかけると、普通の人間よりも、やや豚寄りの顔をした宿屋の女将《おかみ》が、いかにも面倒臭そうに口を開いた。

「イヤなら他に行きな」

「では……この集落に、他の宿はございますか？」

「ないね」

女将が素《そ》っ気《け》なく言い放つと、ロジーさんは、彼女にしては珍しいことに、はっきりと困ったような表情を浮かべた。

◆◇◆◇◆

さて、一体何が起こっているのかというと……。

例の優男が去っていくのを見届けたあと、僕らは宿屋に入って部屋を押さえた。五人なので、二人部屋と三人部屋を、それぞれ一つずつ。

「では、私と坊ちゃまで一部屋、他の皆様で一部屋ということで」

ロジーさんが、有無を言わさぬ調子でそう告げると、宿屋の女将が口を挟んできたのだ。

「ウチは連れ込み宿じゃないんでね。男女はきっちり分かれてもらうよ！」

その瞬間、ロジーさんはその場で硬直した。

「はい？」

「はい？　じゃないよ。男二人、女三人なら、男は男同士、女は女同士に分かれろって言ってんのさ」

僕と姫さまは、思わず顔を見合わせる。

よく考えてみれば、姫さまは男装していた。無論、今さら姫さまが女であることを悟られるわけにはいかない。それはあまりにも怪し過ぎる。

「私は、坊ちゃまのお世話をせねばならないのですが……」

「知らないよ、そんなこと。ウチは壁が薄いのさ。盛《さか》られたら他の客の迷惑になっちまうから、たとえ夫婦でも部屋を分かれてもらうよ！」

「…………」

無言のままに立ち尽くすロジーさんに、姫さまがそっと耳打ちした。

「大丈夫です、ロジー。部屋に入ったら、こっそり交代いたしましょう」

途端に、女将がとどめの一言を発する。

「聞こえてるよ！　部屋の行き来は遠慮してもらってるんでね。廊下にはちゃんと監視を置いてるから。規則を破ったら、すぐさま出ていってもらうよ。もちろん部屋代は返さないからね！」

　かくして、しょんぼりと肩を落としたロジーさんは、エルフリーデとレナさんに両脇を抱えられて、部屋へと引き摺られていった。それを見送って、僕と姫さまは深く溜め息を吐く。

「大丈夫でしょ……かな、ねぇ、兄さん」

「ま、まあ、大丈夫じゃないかな……」

　女将の目を気にしたのだろう。男言葉で話しかけてくる姫さまに、僕は苦笑しながら頷き返す。すると、そんな僕らを女将が一瞥《いちべつ》して、釘を刺した。

「そうそう、一応言っとくけど、女どもの部屋に行くんじゃなくとも、夜の間は外を出歩くんじゃないよ。間違えられかねないからね」

「間違えられかねない？　何にです？」

「貴族さ。昨日あたりから町の連中が来て、この辺りの村を回って貴族狩りをやってんのさ。まあ、あんたらみたいな貧乏くさいのが貴族とは誰も思わないだろうけど、連中、まだなんにも見つからないって苛立ってるから、気をつけなよ」

◆◇◆◇◆

部屋は、はっきり言ってひどかった。安宿もいいところだ。

床には薄っすら埃が積もっていて、いかに宿泊客が少ないのかがよく分かる。この部屋が最後に使われたのも、ずいぶん前のことなのだろう。

一応食事付きとは言っていたが、部屋に入る前に、硬くて薄いパンを二切れ渡されただけ。お湯の用意もなければ、もちろん風呂もない。ベッドがあるだけマシだとでも思うしかない。宿の等級としては本当に最底辺だと言ってもいいだろう。

部屋のひどさはともかく、最初にしておかなければならないことは変わらない。逃走経路の確保だ。

僕は片目を覆う包帯を外しながら、窓を開けて下を覗き込む。

外は既に暗くなっていて見えにくいけれど、僕ならどうにか飛び降りられる高さ。でも、姫さまにはちょっと厳しいかもしれない。僕が先に降りて受け止めれば、なんとかなるだろうか?

そんなことを考えていると、背後から姫さまの沈んだ声が聞こえてきた。

「貴族狩り……本当に、そんなことが行われているのですね」

無理もない。姫さまが救いたいと願っている反乱軍の人々や庶民。それが、少なくとも今は、貴族を、そして姫さまを、まるで獣のように狩ろうとしている。そんな事実を突きつけられれば、声だって沈む。

「今は仕方ありませんよ。そのうち分かってくれ……ま……っ!?」

僕は姫さまの方を振り返って、そのまま硬直した。

「どうしたのです？」

不思議そうに首を傾げる、姫さまの顔。

妖精のような、本当に綺麗な顔。

だが、そこから視線を落とすと、なだらかなカーブを描くわずかな膨らみがあって、その先端には、芽吹いたばかりの桃のつぼみのような突起が見える。

そこから、くびれた腰のあたりまで視線を落として、僕はハタと我に返った。

「んんんなぁあああああ！　な、な、なんで脱いでるんですかっ！」

「なんでって……服を着替えているんですのよ？　外で過ごした服のままでは、シーツを汚してしまうでしょう？」

「いや！　で、でも！　ぼ、僕！　お、男！」

慌てすぎて、言葉が断片的にしか出てこない。すると、姫さまはクスクスと楽しげに笑った。

「まあ、リンツったら変な人。今までも、私の着替えは爺やが手伝ってくれておりましたのよ。それに、爺やが申しておりましたわ。姫さまは、まだちゃんと胸も膨らんでおられませんから、男性と何も変わりません、と」

騙されてる!? 姫さま、その爺やって奴に騙されてるよ！

「と、とにかく早く服を着てください。風邪ひきますから！」

「ええ、ですがリンツ……困ったことが」

「な、なんです？」

「エルフリーデ・ラッツエルが用意してくれた、この服の着方が分かりませんの。ちょっとこちらへ来て、手伝ってくださいまし」

◆◇◆◇◆

……どっと疲れた。

あのあと、姫さまには脱いだ服で胸元を隠してもらって、僕もできるだけ姫さまの方を見ないようにしながら、なんとか着替えさせ終わることができた。

いや、確かに姫さまの裸身は……その、なんというか……とても綺麗だったけれど。

倒れ込むようにうつ伏せにベッドに横たわると、姫さまが僕のすぐ脇に腰を下ろす。どうにも姫さまは警戒心が薄いというか、距離感が近い。身分が高い人というのは、こういうものなのだろうか？

「でも、ちょうどよかったですわ。あなたとは、ちゃんとお話をしておきたかったのです」

「お話？」

「ええ、相談と言ってもいいですわね。私は間違っているのではないかと思うことがあるのです。それが正しいのか、間違っているのか、貴族だったこともある庶民のあなたなら、分かるのではないかと思って……」

「どういうことです？」

「私は反乱を起こした者を含めて、この国の皆を救いたい。そう願っています。ですが、皆はそれを望んでいないのではないかと……」

「貴族狩りのことですか？　でも、それはこれから先、どんなことが起こるのか、想像がついていないだけなんだと思いますけど……」

「いえ、そうではありません。果たして、国というものにこだわる必要があるのかなと……」

「国……ですか？」

「ええ、例えば、東でも西でも構いません。この国が他の国に占領されたといたしましょう。もちろん、最初は人死にが出るでしょう。ゴドフリートなどは必死に抗うでしょうから、彼らもきっと、犠牲になってしまうことでしょう」

姫さまは、静かに目を閉じる。

「……ですが、何年か経てば、元の国のことを誰もが忘れ、新たな国の旗の下で、その国の人間として、もしかしたら、もっと幸せになれるかもしれません」

「何もしない方がいいかも……そういうことですか？」

「何もしないというのは、少し違うかもしれませんけれど……少なくとも庶民について言えば、他の国に占領された方が、お父さまが治めておられた頃よりも、よくなるような気がいたします」

「……そうかもしれませんね」

確かに、国王陛下の下では、庶民は家畜も同然、そう言われてきた。自由がないわけではないが、一部の裕福な商人を除けば、庶民の生活は苦しい。だけど……。

「姫さま。占領されてよかったかどうか、それを判断するのは、姫さまでも僕らでもないんじゃないでしょうか」

姫さまは、静かに顔を上げた。

「僕も最低等級の恩寵《ギフト》を発現して、下男に落とされた時には、ずいぶん落ち込みました。でも結果的に、今は『神の恩寵《ギフト》』を宿しています。同じように、この国が滅んだって、結果的にはみんな幸せになれるかもしれません」

「やはり……」

「姫さま、勘違いしないでください。僕が言いたいのは、何が正しくて、何が正しくないかなんて、あとになってみないと分からないってことです。自分でいうのは変ですけど、僕も下男に落ちて、死にたいと思うことはありました。でも死ななかったし、逃げなかったんです。あの時、逃げ出していたら、この結果はなかったんだと思います。だから……僕らは自分が正しいと思ったこと、そう信じたことをやっていくしかないんだと思います」

僕がそう言って微笑みかけると、姫さまは少し驚いたような顔をして、そして、微笑んだ。

「リンツは強いのですね」

「強いのかな。たぶん、そうじゃないんだと思います。ただ、僕には支えてくれる人がいたから」

「ロジー？」

「ええ……そうです」

僕が頷くと、姫さまは、少し考え込むような素振りを見せた。

「リンツは、ロジーのことをどう思っているのかしら？」

「どうって……。そうですね。僕にとってロジーさんは……お姉さんみたいな人……なのかな」

「お姉さん……」

姫さまは口の中で反芻《はんすう》するようにそう繰り返すと、意を決したかのように頷く。そして、横たわる僕の背中に手を置いて言った。

「ねぇ、リンツ。お願いがありますの」

「お願い？」

僕が身を捩って振り返ると、姫さまは真剣な表情で頷いた。

「……私を、これからも支えていただきたいのです」

「いまさら何を……当たり前じゃないですか」

「ずーっと、ずーっとですよ？」

「もちろんです」

僕らだって、いまさら姫さまを見捨てることなんてできっこない。

僕がそう言うと、姫さまは吐息のような微かな笑い声を洩らした。

「よかった」

「そんな大袈裟な……」

僕が肩を竦めると、姫さまは晴れやかな笑顔を浮かべて、小さく首を振った。

「大袈裟ではありません。国を取り戻したら、この国には新たな象徴が必要となります。『神の恩寵《ギフト》』を持つあなたなら、誰も文句はないでしょう」

「は⁉」

僕は、思わずベッドから跳ね起きる。

「ちょ、ちょっと待ってください⁉　しょ、象徴って？」

「それはもちろん。王として、私の伴侶として」

僕の目をじっと見つめてくる姫さまの表情は、真剣そのもの。揶揄《からか》っているような様子はこれっぽっちもない。

あまりのことに、頭の中で整理が追いつかない。ナニコレ？　なんだこれ？　僕が思わず呆然としたその時、外の方が俄《にわ》かに騒がしくなった。

馬車の車輪が軋む音。たくさんの人のざわめきが、静寂をどこかへと追いやっていく。

慌ただしく窓へと飛びついて表通りを見下ろすと、松明を手にした男たちが二台の荷馬車《ワゴン》、その荷台から降りてくるところだった。

一瞬、僕の脳裏を、先ほどの優男の言葉が過る。王都からの追っ手が、もうこんなところにまで？　だが、恰好を見るかぎり、どう見ても彼らは正規の兵士には見えなかった。

「よし！　宿を取り囲め！　猫の子一匹逃がすんじゃねぇぞ！」

「ここに貴族が隠れてるらしいからな」

男たちの一人が発したその言葉に、僕は状況を理解した。

——貴族狩り。

だが、状況が分かったところで、逃げ場はない。

兵士でもない人間を相手に恩寵《ギフト》を使うのは気が引けるけれど、四の五の言っている場合ではない。やるしかないのだ。

「姫さま！　僕の後ろに！」

「は、はい」

僕が姫さまを庇《かば》って、部屋の隅へと移動するのと同時に、ドタドタと荒々しい足音が、階段を駆け上ってくるのが聞こえた。

僕はその場に跪《ひざまず》いて、床板へと指を這わせる。

扉が開くと同時に恩寵《ギフト》を発動して、床板に襲わせる。胸の内でそう決めて、僕はじっと扉を睨みつける。だが、僕らの部屋の扉が開くことはなかった。

その代わり、別の部屋で扉が軋む音がした。それも二部屋。

「いたぞ！　こいつだ！」

荒々しい男の声が響くと、廊下の方から抗うような甲高い声が響いてきた。

「ちょ、ちょっと待ってくれよぉ、な、話せば分かる。俺はそんなんじゃないんだってば！」

「い、いやっ……放して！　放してぇええ！」

一つは、ついさっき聞いたばかりの優男の声。もう一つには全く聞き覚えがない。それは、子供のような声、年若い女性の泣き叫ぶ声だった。

「リンツ……」

男たちの声と女性の泣き叫ぶ声が遠ざかっていくのを聞きながら、姫さまが僕の服を掴んで、不安げに囁いた。

それと前後して、

「この、奥の二部屋は？」

扉のすぐ外で男の声が聞こえて、『ビクン！』と心臓が跳ね上がる。

その問いかけに応じたのは、この宿屋の女将の声だった。

「ああ、そっちは、どっかの貴族の屋敷から逃げてきた使用人どもさ」

「使用人？　貴族ってことは？」

「ないない。気位の高い貴族連中が、あんな貧乏ったらしい恰好するもんか」

「一応確認しといた方が……」

「止めやしないけど、無駄足だよ？　まあ、『坊ちゃま』とか呼ばれてるのがいたんで、一瞬貴族じゃないかとも思ったんだけどね。その『坊ちゃま』ってのがまた、貧乏臭いんだ。あんな貴族がいるもんか。ありゃあ、典型的な貧乏人だよ」

——貧乏、貧乏、言い過ぎじゃありません⁉

それは確かに、僕はもともと庶民だし、今も下男なわけだけど……。僕って、そんなに貧乏臭い顔をしてるのだろうか？

はい！　姫さま、そんな可哀そうなものを見るような目をしないで！

「そんなことよりアンタ！　ちゃんと約束のお金寄越しなってば！」

「ああ、そうだったな。これからも頼むぜ」

どうやら、この連中を引き入れたのは女将らしい。じゃらりとお金の鳴る音が聞こえて、女将たちの声が、扉の前から遠ざかっていく。

廊下の方から物音がしなくなると、僕と姫さまは目を見合わせて、一斉に安堵の息を吐いた。

「行ったみたいですわね」

「ええ、でも……」

僕は、そのまま窓の方へと歩み寄った。そして、そっと窓を押し開けると、途端に騒がしい音が流れ込んでくる。

「おいおい、待ってくれよ、兄弟。お前らの勘違いだってば。俺がお貴族さま？　冗談言っちゃいけないよ。俺は東クロイデルから買い付けにきた、ただの宝石商なんだってば。ほら、この街道の先に蛋白石《オパール》の鉱床があんの知ってんだろ？」

真っ先に聞こえてきたのは、あの優男の必死に訴える声。

そっと下を覗き見ると、暗闇の中に松明の炎が、二つの輪を描いているのが見えた。それぞれの輪の真ん中には、身振り手振りも忙しく喋りまくるあの優男と、怯えて小さくなっている女の子の姿があった。

遠くて分かりにくいけれど、女の子は短い栗色の髪。前髪だけが長くて、目がほとんど隠れてしまっている。背丈はかなり小さく、僕らよりもずっと年下のように見えた。だが、着ている物は、仕立てのよさそうな水色の夜着《ネグリジェ》。それは裾と首回りに金糸の刺繍が施されていて、どう見ても庶民が気軽に着られるような代物ではなかった。

あれでは貴族じゃないなんて言いわけも通用しないだろう。

助けに行くべきだろうか？　僕がそう逡巡していると、扉が『ギギギ』と軋むような音を立てる。慌てて姫さまを背に隠すと、わずかに開いた扉の隙間から、ロジーさんがひょこっと顔を覗かせた。

「坊ちゃま……ご無事ですか？」

「ええ、ロジーさん、みんなは？」

「はい、こちらも大丈夫です」

すると、ロジーさんのあとをついて、レナさんとエルフリーデが部屋へと入ってくる。

そして、入ってくるなり、窓の外から響いてきた優男の声に、レナさんがいかにもイヤそうに眉間に皺を寄せた。

「あんにゃろう……。『さらば！　また会おう！』とか、恰好つけてどっかへいったと思ったら、まさか同じ宿にいやがったとはな」

そうなのだ。あの優男は颯爽《さっそう》と村の外へと出ていったはずなのに、ここにいるということは、僕らが部屋に入ったあと、こっそり戻ってきたということなのだろう。

レナさんが呆れたとでもいうように、肩を竦めたその瞬間、窓の外で一斉に怒号が響き渡った。

「こ、こいつ！　やっぱり貴族だ！　恩寵《ギフト》を使いやがったぞ！」

再び窓に飛びついて下を覗き込むと、女の子のすぐ傍で男が一人、腕を押さえて蹲《うずくま》っている。目を凝らして見てみると、男の肘から先が、石になっているように見えた。

「あれは……『石化《フェアキーゼルング》』ですわね。平凡な恩寵《ギフト》です。あの様子では等級D、よくて等級Cといったところではないでしょうか」

エルフリーデが淡々とそう述べる。だが、そんなことを言っている場合ではない。

男たちが怯んだのは一瞬のこと、次の瞬間には声を荒らげて、女の子に飛びかかっていくのが見えた。

「おい！　手には触れるなよ！　石にされちまうぞ」

「ナイフをよこせ！　早く目を潰すんだ！　目さえ潰しちまえば恩寵《ギフト》は使えなくなるはずだ！」

「いやぁあああ！　触らないでぇ！」

もはや、躊躇している場合ではなかった。

「レナさん！　みんなをお願いします！」

「お、おい！」

僕は窓を開け放つと、一気に外へと飛び降りる。

騒ぎを起こせば、追っ手に居場所がバレる？　もうそんなことはどうでもいい。見て見ぬふりなんてできるわけがない。正しいと信じたことをやっていくしかない。偉そうにも姫さまにそう言ったのは誰だ？　僕には今、あの女の子を助ける力がある。理由はそれだけで十分なはずだ。

勢いで飛び降りたのはいいけれど、二階とは言ってもそれなりの高さがある。着地と同時に、足がじんと痺れた。無茶苦茶痛い。僕が立てた音に驚いて、何人かがこちらを振り向いた。関係ない。僕はそのまま女の子がいる方へと、一気に突っ込んでいく。

手足を押さえ付けられ、地面にねじ伏せられた幼《おさな》げな女の子の姿。その上に馬乗りになった男の手には、松明の灯りに照らされて、キラリとナイフが光る。女の子は顔を引き攣らせて、今にも振り下ろされようとしているその刃先を凝視していた。

「うわぁあああ――――！」

僕は、声を上げて男たちの只中に突っ込むと、勢いのままに、女の子に馬乗りになっている男の腹を蹴り上げる。

「ぐげっ⁉」

男は、踏み潰された蛙みたいな声を上げて吹っ飛び、その手から落ちたナイフは、女の子の頬をかすめて、地面に突き刺さった。

呆気に取られたような静寂の中に、僕の呼吸音が浮かび上がる。

目を丸くして横たわる女の子のすぐ傍で、僕は肩で息をしている。空気が足りない。息苦しい。心臓がバカになったみたいに飛び跳ねている。

「な、なんだァ！　てめぇは！」

女の子の腕を押さえつけていた男がいきり立つ。でも僕は答えない。答えてる余裕がない。僕だって、見ず知らずの男たちに殺気を向けられれば怖い。怖いものは怖い。品がない言い方をすれば、小便を漏らしそうなほどに怖い。

「『生命の大樹《レーベンバウム》』！」

僕はその場に跪《ひざまず》くと、地面に掌を当てて、恩寵《ギフト》を発動させた。

途端に、声を荒らげた男の背後で、まるで間欠泉のように土が噴き上がる。

僕は想像した。想像したのだ。世にも恐ろしいものを。

幼い頃に亡き父が与えてくれた絵本。そこに描かれていた英雄物語。その最後の二頁を占拠していた巨大な化け物を。

『ドドド！』と凄まじい音を立てて噴き上がった土は、次第に形を成《な》していく。

捩じれた二本の角、口の端からはみ出した鋭い牙。

それは竜。全長十一シュリット（約八メートル）にも及ぶ、巨大な竜だった。

そして形を成し終えた途端、土の竜は長い首を振り上げて咆哮を上げた。

ビリビリと空気が震え、男たちは「ひっ！」と声にならない声を喉に詰めて転げまわる。

「死にたい奴はかかってこい！」

僕は周囲を睨みつけながら、腹から声を張り上げた。

もちろんハッタリだ。だが、男たちは情けない声を上げて、転げるように逃げ出し始め、竜の姿に驚いたのだろう、繋がれた馬が暴れ出して、周囲の建物へと馬車を叩きつけながら走りだす。男たちが投げ出した松明が家屋の間に積まれた藁《わら》に引火して、いきなり炎が吹き上がった。次々と家屋に燃え移っていく炎。それを呆然《ぼうぜん》と眺める僕の口からは、乾いた笑い声が零れ落ちた。

「ハ、ハハハ……。これは、ちょっとやり過ぎた……かな？」

実はこの竜、姿形こそ恐ろしいが、戦闘力なんて大したことはない。なにせ素材は土くれなのだ。たぶん、人に食いつけば牙の方が崩れ落ちる。

ただの脅しのはずだったのだけれど、一瞬にして集落は壊滅状態。炎に巻かれた建物から逃げ出した人々が、集落の外へ我先にと駆けていく。もはや火の手が収まる気配はない。

ともかく……。

「大丈夫ですか？」

「あ……あり、ありが、ありがとうございま……っ⁉」

女の子は僕の方へと顔を向けた途端、長く伸びた前髪の奥の目を丸くして硬直した。

「虹彩異色《オッドアイ》⁉」

女の子が洩らしたその一言に、僕が怪訝そうな顔をしてしまったのとほぼ同じタイミングで、奥の広場の方から、馬車が飛び出してくるのが見えた。

「リンッ！　早くなさって！」

目の前で停止する馬車。その荷台の上から、姫さまが僕の方へと手を差し伸べる。

そうだ。ぼーっとしている場合じゃない。

僕は恩寵《ギフト》を解除して、竜を土くれの山に戻すと、女の子を横抱きに抱きかかえて、馬車の方へと走り出す。

少々乱暴だけれど、女の子を荷台の上へと放り投げると、僕も姫さまの手を掴んで、荷台に飛び乗った。

「お、おい、オレも連れてってくれよ！」

僕が乗り込むのと同時に、例の優男が荷台の枠へと手を掛けてくる。

だがその途端、馬が嘶《いなな》いて、馬車が勢いよく走りだした。

「うぉおおお――――っ⁉　マジかぁあああ！」

そして、しばらく引き摺られた末に、なんとか荷台の上へと転がり上がった優男は、御者台の方に向かって声を荒らげた。

「こ、殺す気かっ！」

「ちっ……しぶてぇな」

御者台で手綱を握っているのは、もちろんレナさん。

本当に振り落とそうとしたようにも見えたけれど、もしかしたら、ただの嫌がらせかもしれない。

そして、僕らは燃え盛る集落を背に、再び夜の街道へと走りだした。

背後を振り向けば月明かりの下に、黒煙が棚引いている。遠ざかっていく集落を眺めて大きく息を吐くと、僕は足を投げ出して座り込んだ。

御者台の脇で揺れる二つのカンテラ。その淡い光だけが光源の深い宵闇の中で、僕は思わず項垂《うなだ》れる。

――やってしまった……。

致し方なかったとはいえ、あれだけ派手な騒ぎを起こせば、僕らがあの集落を訪れたこと、そしてノイシュバイン城砦を目指していることは、もはや隠しようもない。すぐにも追っ手に伝わってしまうことだろう。もう少し上手く立ち回れなかったのかと、後悔せずにはいられなかった。

「胸をお張りください。坊ちゃま。弱きを助け、強きを挫《くじ》く。それは力があっても簡単にできることではありません」

「ロジーさん……」

暗くて表情は分からないけれど、ロジーさんが微笑んでいるように思えた。

だが、それも一瞬。

エルフリーデが荷台の支柱に吊られたカンテラに火を入れると、灯りに照らされて浮かび上がったロジーさんの表情は、いつもと何も変わらなかった。

だが、彼女がじっと見つめている先を目で追ってみると、そこには、僕のお腹に頬を寄せるようにしがみついている小さな女の子の姿があった。

「こ、怖かった……」

彼女の身体は小刻みに震えていた。それはそうだろう。あれだけの男たちに囲まれて、ナイフを突きつけられれば、生きた心地などしなかったはずだ。

「もう大丈夫だから」

「う、うん」

どういうわけか、やけに粘度の高いロジーさんの視線を気にしながら、彼女の栗色の髪に指を這わせる。すると、彼女は一瞬ビクンと身体を跳ねさせたあと、ぽーっと頬を赤らめた。

長い前髪の間から覗く瞳は真ん丸。身体の小ささと相まって、まるで小動物みたいだった。

思わず庇護欲求を擽《くすぐ》られるような、そんな気がした。

なにこれ……すごくかわいいんだけど。

僕が明後日の方向へと思考を飛ばしていると、僕らの上に、誰かの影が落ちた。

「お久しぶりですわね……ミュリエさま」

見上げれば、腰に手を当てたエルフリーデが、やけに冷たい目で女の子を見下ろしていた。

考えてみれば、ボルツ伯爵領で貴族狩りに襲われる貴族といえば、当然ボルツ伯爵家の人間なわけで……。そしてミュリエという名は、エルフリーデと仲がよかったという、ボルツ伯爵家の次女の名前だったはずだ。

だが、とても仲がよかったというエルフリーデの発言とは裏腹に、エルフリーデの姿を見つけた彼女の反応はというと、とてもではないけれど、そういう風には見えなかった。

「ひっ⁉　エルフリーデさ……ま」

彼女は、より一層怯えるような表情になって、ギュッと僕の服の裾を握りしめる。

――ああ、なるほど。だいたい分かった。

いじめている側は、いじめている自覚がないっていうパターンだ。

彼女は怯えた瞳で、エルフリーデと僕の間を何度も視線を行き来させた末に、おどおどと口を開いた。

「エ、エルフリーデさまがいて……虹彩異色《オッドアイ》ということは、やっぱり、リンツ・ラッツエル……さま？」

僕は思わず苦笑する。アデルハイドさまの妹だもの。僕のことを話に聞いていても、何もおかしなことではない。

「僕はもう、ラッツエル家の人間ではないから、リンツでいいよ」

彼女が戸惑うような顔をして首を傾げると、エルフリーデが苛立つような声を上げた。

「ミュリエさま。そろそろ、お義兄さまから離れていただけませんか？」

「どう……して？」

「どうしてではありませんわよ。いいですか、お義兄さまは、この世界で最高の男性。等級Aを超える、唯一の男性なのです。あなたや私のようなゴミクズが、お傍に近づくだけでも、恐れ多いことなのですのよ」

ちょっと待って！　どんだけ持ち上げる気なの⁉

だが、エルフリーデの発言をよくよく吟味してみると、『低等級の奴が、高等級の人間に馴れ馴れしくすんじゃねぇよ』と、なる。

見事なまでの等級崇拝。うん、全くブレてない。

ミュリエが不安げに見上げてくるので、僕は小さく頷いた。

「落ち着くまで、このままでもいいよ」

「やさしい。だいすき……」

ミュリエが、再び蕩《とろ》けたような目で僕を見つめてくる。流石に真正面から「だいすき」なんて言われると、どうしていいのか分からない。

戸惑いながら周囲を見渡すと、エルフリーデはブスッと頬を膨らませ、ロジーさんはいつも通りの無表情。姫さまはニコニコと微笑んでいる。あれ？　笑ってるんだよね、それ。

だが、そんな僕の戸惑いに構うことなく、ミュリエは、更に言葉を紡《つむ》いだ。

「やさしいお義兄さまができて……ミュリエは、とっても嬉しい」

「お義兄さま？」

僕が問い返すのと同時に、エルフリーデの片方の眉が、不愉快げに跳ね上がるのが見えた。

「うん……リンツさまはお姉さまの婚約者。ミュリエにとっても、お義兄さま」

「ちょっと待って、アデルハイドさまとの婚約は、とっくに破棄されてると思うんだけど……」

だがその一言に、ミュリエは一瞬ポカンとした顔になったあと、ブンブンと首を振った。

「そんなことない。お姉さまは、ずっと輿入《こし い》れの準備をしてた」

僕とロジーさん、それにエルフリーデは互いに目を見合わせる。

……まさか、破談になったのが伝わっていない？

すると、仁王立ちしたままのエルフリーデが、凍てついた目でミュリエを見下ろす。そして
「厄介なことになる前に、排除いたしましょう」と、無茶苦茶怖いことを言い始めた。

「ひっ！」

ミュリエは盛大に顔を引き攣らせて、僕の服の裾を握りしめる。

「こらこら！　だから、怖がらせちゃダメだってば！」

「でも……」

「そんなことされても、僕はちっとも嬉しくないよ」

僕が窘めると、エルフリーデはこの世の終わりみたいな顔をして、しゅんと項垂《うなだ》れた。全く、大袈裟な奴だ。

「……で、ミュリエ、キミのお姉さんは無事なの？」

「お姉さまは、王都の屋敷にいたから分からない。でも、たぶん大丈夫。お姉さまの恩寵《ギフト》は風に乗れる。そう簡単には捕まえられない」

「飛べるってこと？」

「違う、風に乗れる。どこに飛ばされるかは風次第。だから、今どこにいるのかは分からない」

えぇぇ……。それは、ただの行方不明というのでは……。

だがその時、僕の脳裏を過る風景があった。

煌々と明るい満月を背景に、まるで水面に揺蕩《たゆた》うかの如く宙に浮かぶ、ドレス姿の女性のシルエット。王都を脱出する時に目にした不思議な光景。

あれはもしかして……アデルハイドさまだったのだろうか？

僕が無意識に視線を上向けると、唐突に男の笑い声が響いた。

振り返れば、御者台にほど近い辺りで胡座《あぐら》を掻く、例の優男の姿がある。

「レナちゃん、おもしれーなコイツら。こんなにヤバい状況だってのに、いくらなんでも緊張感なさすぎじゃね？」

「テメェが緊張感だと？　冗談にしちゃ面白くもなんともねぇな」

「おいおい、馬鹿言っちゃいけない。俺は、いつだって緊張感に満ち溢れてるよ」

「ま、そうかもな。てめぇは尋常じゃない数の恨みを買ってるからな。気付いてたか？　ここにもテメェをぶっ殺したい人間が一人いるんだぞ」

「へー、そりゃ知らなかったな」

レナさんがギロリと睨みつけると、優男は肩を竦めた。

「まあ、いいや。そこの、えーと、リンちゃんだっけ？」

「リンちゃん!?」

優男のあまりの馴れ馴れしさに、僕も流石に呆れる。だが、そんなことは御構いなしに、彼は話を続けた。

「一応言っとくと、あそこでリンちゃんが騒ぎを起こしたからって、状況が悪化したわけじゃないから、安心していいと思うよ」

「そうなんですか？」

「ああ、最初から最悪だもの。悪化のしようなんてないさ」

その場にいた人間が、一斉に眉を顰める。どうやらこの男は、口を開けば周囲を不快にせずにはいられないらしい。

「まあ、俺個人について言やぁ、その最悪な状況に、見事に巻き込まれたってとこかな。だから、リンちゃんたちには、せいぜい頑張ってもらわなきゃね。でないと俺が死んじゃうもの」

「……死ねばいいのに」

エルフリーデが吐き捨てる。だが、優男はそれを全く無視して話を進めた。

「リンちゃんさぁ……キミら、そもそも東の『魔導技術』を甘く見過ぎなんだよねー。炎一つ出すのにも大量の触媒と詠唱が必要。キミらの認識なんて、だいたいそんなもんだろう？」

「違うのですか？」

姫さまが問いかける。

「いんや、合ってるよ。炎を出そうとすればそうなる。結局、東の研究でネックになってるのが、『実体化』なんだよねー。だからまあ、恩寵《ギフト》を手に入れて研究材料にしようとしてるわけだけど。ひっくり返してみりゃあ、『概念主体』の魔術について言えば、大した詠唱や触媒もなしに、かなり高度なことができる」

「概念主体とは……どういうものをいうのですか？」

「うーん、そうだねぇ。飛びぬけてるのは、通信と動力としての用途かな」

「通信？　通信って何です？」

僕がそう問いかけると、優男はガクッと肩を落とした。

「ああ……そうかぁー、そこからかぁー……。うん、一口で言うと、遠くにいる人間と瞬時に話をする魔術ってことなんだけど……」

「恩寵《ギフト》でいえば、『念話《テレパティ》』みたいなものですわね」

エルフリーデが口を挟む。

「俺はそっちを知らないけど、たぶんそれでいいんじゃないかな。で、通信を応用した魔術に追跡《トラッセ》ってのがあるんだわ。物に対して、その持ち主の居所を特定する魔術なんだけどねー、もちろん王宮には姫さまの私物が残ってるだろ？　つまり何処《どこ》にいようが、姫さまの居所は最初からバレバレってわけなんだよねー」

僕らは思わず息を呑む。

「まあ、夜が明ける頃にゃあ、放っておいても、あの集落は反乱軍に囲まれてたってわけさ。で、調子に乗ってネタをバラしちまえば、俺としてはその混乱に乗じて、お姫さまに一緒に来てもらうつもりだったんだけどねー、あははは、いやー失敗、失敗」

どうやら彼は、本気で周囲の視線が氷点下にまで下がっていることに気付いていないらしい。

「よし、突き落としましょう！」

「ええ、お義兄さま」

「お任せください。坊ちゃま」

ロジーさんとエルフリーデに取り囲まれて、優男は頬を引き攣らせる。

「ちょ、ま、まて、暴力反対！　弱い者いじめ、ダメ、絶対！」

「何が弱い者いじめですか。姫さまを攫《さら》おうとしてた人と、一緒の馬車にいるなんて、不安しかありませんからね、降りていただけますか？」

「ちゃんと話聞けってば、こっからが本題なんだって。なあ、レナちゃーん！　助けてよ！」

するとレナさんは親指で首を掻き切るポーズをした。

「死ね」

「レナちゃーん!?　お、俺は通信を使った情報網を持ってる！　反乱軍や東の宮廷にも協力者がいるから、東の連中の動きは逐一分かるんだぜ。それに東の連中が使う魔術ってのが、どんなもんか知ってんのか？　知らないだろう？　俺の情報がなきゃ、城砦に逃げ込んだって、キミら、あっさり全滅しちまうぞ」

身振り手振りも忙しく、必死で喋りまくる優男。そんな優男の眼前に、ロジーさんが表情のない顔をズイッと突きつけた。

「つまり、あなたは坊ちゃまの力になれると、そう仰るのですね？」

「あ、ああ、そうだ！　その通り！」

「………では、取りあえず突き落とすのはやめてさしあげます。ただし、砦に着くまでは拘束させていただきますけれど」

「ロジーさん⁉」

僕の驚きの声と、優男の安堵の吐息が重なりあって響く。

そして、ロジーさんは僕の方に向き直ると、いつもと変わらぬ表情でこう言った。

「坊ちゃま。毒と薬は使いようでございます。私は坊ちゃまのためになるのなら、たとえそれが猛毒だと分かっていても、呷《あお》ってみせます」

◆◇◆◇◆

「見えて参りましたわ！」

御者台のエルフリーデが声を上げると、僕らは我先にと、馬車の前の方へ押し寄せた。

エルフリーデの指さす先。そこに目を向ければ、草原がまるで海岸線のように途切れていて、その向こう側には、ひび割れた赤土の荒野が、見渡す限りに広がっている。

そんな荒れ果てた風景の中、出島のように荒野に張り出した丘の上に、武骨な石積みの城壁がそびえ立っているのが見えた。

「すごい……大きい」

「しっかし、なんか古臭ぇ城砦だな、ありゃ」

僕の裾を掴んだまま目を丸くするミュリエ。そのすぐ隣で、レナさんがどこか気乗りしない声を洩らした。

「ええ、統一クロイデル王国時代の修道院を、城砦として改修したものと聞いております。もしかしたら、我が国の建造物としては、一番古いかもしれません」

姫さまがそう答えると、レナさんが「うへぇ……」と肩を竦めた。

ただ、城壁の外からでは、城砦そのものはほとんど見えない。中央部の尖塔がわずかに覗いている程度だ。城壁の高さは、たぶん十七シュリット（約十二メートル）ほどで、それが形作る六角形のそれぞれの角に、方形の塔がそびえ立っていた。

宿場町を脱出した翌々日の昼下がりのこと。

すぐ近くにまで追っ手が迫っていると聞かされれば、もはや僕らには一刻の猶予もなかった。宿場町を出てからは、馬を『生命の大樹《レーベンバウム》』で癒やしながら夜通し走り続けて、ついに僕らはここまでやってきたのだ。

――やっと辿り着いた。

僕が思わず感慨に浸っていると、ミュリエがクイクイと服の裾を引っ張る。

「ん、なんだい？」

「なんにもない場所……どうしてこんなところにお城を造ったの？」

言われてみれば……なんでだろう？

確かに隣国と接しているわけでもなく、その向こう側にあるのは無人の荒野。何かが攻めてくるとは考えにくい。

僕がちらりと姫さまの方へと目を向けると、彼女はクスリと笑って口を開いた。

「この城砦には三つの役割がありますの」

「三つ？」

「ええ、一つは砂漠に住む半人半獣の蛮族『砂狼族』の侵入を防ぐこと。もう一つは、この荒野が三つのクロイデル王国の南部に跨《また》がっているからだと言えば、分かりますよね？」

姫さまが諭すような口調でそう問いかけると、ミュリエはおどおどした様子で答える。

「えーと、荒野の方から攻めてきちゃうの？」

「ええ、そうです。とはいえ、荒野は気候も厳しいうえに、補給できるような中継地もありませんから、実際には不可能と言った方がいいかもしれません」

「不可能？」

ミュリエが首を捻る。

うん、僕にもわけが分からない。

「不可能なら、役割の内に数える必要はないんじゃないですか？」

僕がそう言うと、姫さまは小さく首を振った。

「『不可能』というのは、解決策が見つかれば、一瞬にして『可能』へと変わるものなのですよ。そして、最後の一つですけれど、現在ではこれが主な役割です」

「なんです？」

「……左遷先です」

姫さまの声がわずかに沈む。同時に、背後から優男——ティモさんの声が聞こえてきた。

「おーい、リンちゃん。一応伝えとくけど、今入った情報だと、追っ手の位置はだいたい一日遅れ、編成は反乱軍の兵士が百名程度。東の人間は三名しかいないらしい」

今、入った情報？　ティモさんは荷台の最後尾辺りで胡座を掻いていて、両手首は縛られたままだ。だというのに、一体、いつの間に、どうやってそんな情報を手に入れたというのだろう？

「少ない……ですわね」

僕の疑問をよそに、姫さまがぽつりと呟く。

すると、ティモさんが肩を竦めて、それに応じた。

「まあ、移動速度を重視したんだろうさ。ノイシュバイン城砦に逃げ込ませる気は、さらさらなかったんだろうねぇ」

「では、城砦に逃げ込んでしまえば諦めるかも？」

「取りあえずはね。大部隊率いて戻ってくる可能性はあるけどさ。あと、ついでに言っとくと東のこの三人は兵士じゃないみたいだねぇ」

「どういうことですか？」

「さぁ？　そこまでは分かんないよ」

そうこうする内に、僕らを乗せた馬車は街道を外れて、城砦の門の方へと近づいていく。

「うわぁ……やっぱり大きい」

ミュリエが後ろに倒れそうになるほど仰け反って、近づいてくる城壁を見上げる。一緒になって見上げてみると、何人かの人影が、城壁の上からこちらを指さしているのが見えた。

――まさか、いきなり攻撃されたりはしないよな。

僕が胸の内でそう呟くのとほぼ同時に、前方から『ギギギッ！』と金属が軋むような大きな音が響き渡った。

「城門が開きましたわ！」

「なんだ？　もしかして、ここに姫さまがいるってのが伝わってんのか？」

エルフリーデが声を上げると、レナさんが首を捻る。そして、どういうわけか、姫さまが苦笑いを浮かべた。

「……あの方は、なんでもお見通しですから」

「あの方？」

「私の先生……ジーベル伯爵家の次女、マグダレナさまです」

門の内側へと目を向けると、そこには多くの人影が並んでいる。目を凝らしてみると、そのほとんどが甲冑を着込んでいるように見えた。

「姫さま、坊ちゃまの安全のためにお伺いします」

「なんです？」

「今さらですけれど、この城砦の方々は、本当に姫さまのお味方なのでしょうか？」

ロジーさんの言わんとしていることはよく分かる。

反乱軍の大半も、もともとは王家に仕える衛兵たちなのだ。この城砦の兵士たちだけは大丈夫だというのであれば、それはそれなりの理由が必要だろう。だが、姫さまに動じる様子はない。彼女はニコリと微笑んで、こう言った。

「ええ、先生の部下たちですから」

やがて、僕らは城門を潜《くぐ》って、城壁の内側へと入る。

その先は石畳の広場のようになっていて、そこに二百人ぐらいだろうか、甲冑姿の兵士たちが左右に分かれて整列していた。

『ディートリンデ・フォン・クロイデル殿下、ご到着！』

兵士の一人が大声を張り上げると、左右からラッパの音が響き渡って、太鼓がシンプルな四分のリズムを刻み始める。

「ははっ、結構な歓迎だな、こりゃあ」

レナさんがはしゃぐような調子で声を上げると、人が多いのが怖いのか、ミュリエが「あう」と赤ん坊のような声を洩らして、ぎゅっと僕の腰にしがみついた。

広場の中央。僕らがそこで馬車を停めて降り立つと、一人の女性が、僕らの方へと歩み寄ってくるのが見えた。

「ディートリンデ、お待ちしておりましたよ」

「先生……お久しぶりでございます！」

それは紫のローブを纏った、どこか艶《つや》っぽい雰囲気の女性。年の頃は二十代の、おそらく後半。黒い髪は腰を隠すほどに長く、口元の黒子《ほくろ》が目を引いた。

彼女は姫さまの男装を目にして、わずかに苦笑する。

「ずいぶん、ご苦労なさったようですね。報告は受けております。私の副官も夜会に参加しておりましたが、御者を務めた者だけは、なんとか帰って参りましたので……。御父上のことは、

誠に残念でございました」

彼女は姫さまの後ろの一人ひとりを順番に見回して、僕のところで、その視線を止める。そして、柔らかな微笑みを浮かべて、こう言った。

「ようこそ、次代の王。我々、ノイシュバイン城砦の兵は、あなたを心から歓迎いたします」

6章　ノイシュバイン城砦の激闘

高級馬車《キャリッジ》の車窓から顔を出して覗き見ると、前を走る荷馬車《ワゴン》、その荷台の上の兵士と目が合った。

ボクがにこやかに手を振ると、兵士は戸惑うような顔をして、わずかに頭を下げる。

――ま、そういう反応になるよね。

ボクらの高級馬車《キャリッジ》の前を行くのは、十二台の荷馬車《ワゴン》。

うち十台には中央クロイデルの兵士たちが乗り込んでいるが、残りの二台にはボクらの運んできた『装置』が積み込まれている。

「宰相閣下、対象《かいかい》が城砦に辿り着いたようです」

技術班長のジョルディ君がそう言って、ボクの方へと魔導鋼板を差し出してくる。

そこに描き出された地図の上で、明滅する赤い光点《ブリップ》。さっき見た時には、ゆっくりと移動していたそれが、今は地図上の一点で静かに明滅を繰り返していた。

「何度も言うようだけど、宰相閣下ってのは、やめてくんない？」

「失礼しました！」

「ほらぁ、それだよ。それ！」

「は、はぁ……」

ジョルディ君は眉を下げて、困ったような顔をする。

いやぁ……ほんとまじめ。典型的な東クロイデルの軍人と言ってもいい。杓子定規《しゃくしじょうぎ》で、理屈っぽくて、面白みがない。ジョルディ君に限ったことではないけれど、本当にクソまじめな連中ばっかりだ。

「まぁ……いいや」

ボクは苦笑しながら、すぐ隣の人物へと問いかける。

「ねぇ、コゼット。中央の兵士くんたちに例のアレ、設置してもらえるよう話はついてるんだよね」

「……当然です」

彼女は銀縁眼鏡をくいと押し上げて、不機嫌そうな目をボクに向けてくる。

うん、いつも通りだけど、その短い言葉に「馬鹿じゃないの？」っていうニュアンスを乗せてくんのやめてくんない？

「中央の連中が、指示通りに動いてくれればいいのですが……」

ジョルディ君が、ボクとコゼットのやり取りを眺めながら、不安げな声を洩らす。

「ま、大丈夫でしょ。今は味方同士なんだからさ」

互いに、いずれ敵同士になることを予感している、寒々しい関係ではあるけどね。

「とにかく、そのなんとかいう砦を陥落させれば、それでチェックメイト。あとはボクらの偉大な女王陛下の前に、その妖精姫《ニンフェ》ってのを引っ張り出して、魔鏡の在処《ありか》を教えてもらえば、それで終わり。簡単なお仕事さ」

コゼットはちらりと、ボクの方へと視線を向けてくる。

――お前は指示するだけだから、楽でいいよな。

あれは、絶対にそう思ってる目だ。やめてよ。結構傷つくんだから。

「まあ、いいや。ジョルディ君、研究室《ラボ》の技術班に連絡入れて、念押ししといてくれる？　城砦には明日の午後ぐらいに仕掛けることになるから、それまでにヘクトールとサラバンドの整備終わらせとけって。それと一応、例のアレも……準備だけはね」

「ハッ！」

ボクは静かに馬車の天井を見上げる。

うん、まさか、あの夜会から妖精姫《ニンフェ》を取り逃がすことになるとは思ってなかったけど、出張ってきた甲斐はあった。

嘗《かつ》て、ボクがいた場所に居座るあの少年を、この手で仕留める機会を得たのだから。

◆◇◆◇◆

ノイシュバイン城砦は、やけに複雑な形をしていた。

時代ごとに異なる建築様式で増築されていった結果なのだろうけれど、まるで子供が積み上げた積み木のような、脈絡のない形である。

その複雑な形の城砦の東側。兵士たちの食堂と思しき一角で、僕らは割木の卓を囲んで、腰を下ろしていた。

ちなみに、この場にティモさんはいない。彼は馬車を降りるなり、「いやぁ、美しい。どうです、俺と大人の時間を楽しんでみませんか？」と、いきなりマグダレナさんを口説こうとして、レナさんと周囲の兵士たちにボコボコにされたのだ。

今はたぶん……牢屋にでも放り込まれているんだと思う。

「こんなところで申し訳ありません。そもそもこの城砦に王族をお迎えするようなことはありませんから、貴賓室もありませんので」

僕の正面に腰を下ろしたマグダレナさんが、あまり申し訳ないとは思っていなさそうな口調でそう述べると、僕の隣で姫さまが小さく首を振る。

「お気遣いは不要です」

「だいたいの状況は、王都から戻った者から聞いております。反乱に巻き込まれて副官のクリューガーを失ったのは痛手ですけれど、私と次代の王、等級Aの者が二人いれば、それなりに抗えるはずです」

「いいえ、三人ですわ！」

唐突に話に割り込んできたのは、エルフリーデだった。

席に着かずに僕の背後に控えていた彼女は、すぐ隣に立っているロジーさんを指し示した。

「メイド長さまも、等級Aとなっておられます」

「そうなのですか⁉」

途端に、姫さまとレナさんが驚いて目を見開き、マグダレナさんは「まあ」と口元に手を当てる。ロジーさんは要らないことを言うなとばかりに、エルフリーデを睨みつけたあと、「私のは非常に使い勝手の悪い恩寵《ギフト》ですので……」と、何やら言いにくそうに口籠もった。

言われてみれば、僕の恩寵《ギフト》が反転したのに、彼女の恩寵《ギフト》だけが反転しないことなどあるわけがない。

「それは朗報です。私と次代の王、そしてメイド嬢。等級Aの者が三人もいるとなれば、戦略の幅は大きく広がります」

「戦略？」

「ええ、もちろんこの国を取り戻すための戦略です。反乱を起こしたお馬鹿さんたちを救い、且《か》つ東を駆逐して、西にも手を出させないための」

——そんなことが出来るのだろうか？

僕が疑わしげな顔になったことに気付いたのだろう、マグダレナさんは、僕の方へニコリと微笑みかけると、あらためて言葉を紡ぎ出した。

「信じられませんか？　それでも信じていただきたいのです。私も今回ばかりは全力を尽くさねばなりません。この状況の責任の一端は、私にもありますので……」

「責任……ですか？」

「ええ、反乱を起こした者の大半は、私の指導を曲解したお馬鹿さんたちです。それがゴドフリートのような脳筋男と一緒になって、実行に移したわけですから」

「脳筋って……。ゴドフリートさんは、その……善い人ですよ」

「存じております。ですが、それがマズいのです。非常にマズいのです。金や地位に目が眩《くら》んだ者のやることなら、たかが知れているのですけれど、善き者が暴走した時には、本当に碌《ろく》でもないことにしかなりません」

マグダレナさんは、どこか芝居がかった調子で話を続ける。

「特にその理想が間違っている時には、目も当てられません。階級のない理想の国？　庶民が幸せではない国は間違っていますが、王のいない国は頭のない生き物のようなもの。彼らがしようとしているのは、自分たちの首を斬り落とすような行為でしかありません。お分かりになるでしょ？　次代の王」

「あの……その次代の王というのは、一体何なんです？」

僕は、ずっと気になっていたのだ。

彼女が僕のことを、なぜ次代の王などと呼ぶのか？

僕が姫さまに求婚されたことを知っているのは、それこそ僕と姫さまだけのはず。『ずっと支える』という言葉を婚姻を承諾したものと、誤解を誤解のままにしているのは、気になってはいたけれど、今の今まで訂正する機会もなかったのだ。

気になっていたのは姫さまも同じのようで、彼女もチラチラと、こちらの様子を窺っている。

僕らのその様子を眺めて、マグダレナさんは何か微笑ましいものでも見るかのように目を細めた。

「とぼけなくても結構です。ディートリンデ、もう求婚は済んでいるのでしょう？　挙式の日取りはお決めになりましたか？　戦略的には一日でも早い方がよいかと思いますけれど」

「なっ……！　せ、先生!?」

姫さまが、ガタガタと椅子を鳴らして立ち上がると、途端に場が騒然とする。

ロジーさんは目を見開いたまま凍り付き、「ど、どういうことですの！」と、エルフリーデは今にも襲い掛かりそうな、物騒な表情で姫さまに詰め寄る。ミュリエは「浮気はダメ！」と、僕の首にしがみついて、レナさんはニヤニヤしながら全員の顔を見回した。

「ど、どうして先生が、それを？」

詰め寄るエルフリーデから必死に顔を逸らしながら、姫さまがマグダレナさんに問いかける。

「どうして？　国王陛下が亡くなられて、あなたが生き残り、等級Aを超える恩寵所持者《ギフトホルダー》が傍にいるのでしょう？　どう考えたって、あなたの伴侶として迎え入れて権威付けをし、次の王に据えるのが最善策ではありませんか。まさかそんなことを思いつかないような、情けない教え子を持った覚えはありませんけど？　違うのですか？」

「それは、そう……なのですけれど」

姫さまが口籠もると、エルフリーデがただでさえ釣り目がちの目を更に釣り上げて、声を荒らげた。

「打算でお義兄さまを誑《たぶら》かそうと……そういうことですのね！」

「ち、違います！」

「何が違うのです！　たとえ姫さまであろうと、お義兄さまを誑かそうというのなら、排除いたしますわよ！」

「違います……違うのです」

姫さまは俯いたまま、か細い声を洩らした。

それはそうだろう。違わなくなんてないのだ。打算でしかない。

「あはははははははは！」

ところが、そんな姫さまの様子を眺めて、マグダレナさんがけたたましい笑い声を上げた。

そして、彼女はさも愉快だというような顔をして、あらためて僕の方へ向き直ると、こう言ったのだ。

「これは面白い！　次代の王。ディートリンデのこんな顔、私は初めて見ましたよ。王族の婚姻は政治の内、恋愛感情の介在するものではありませんが、私はそれがよいことだとは思ってはおりません。ですから、結婚するフリだけでいいと思っていたのですけれど……気が変わりました」

◆◇◆◇◆

僕らが城砦に到着した翌日、すなわちマグダレナさんによって、僕らの人間関係をしっちゃかめっちゃかに掻き乱された次の日のことである。

「リンツ！　追っ手が参りました！」

中央棟の三階、僕が割り当てられた部屋に、姫さまが息せき切って飛び込んできたのは、ほぼ夕方と言っていい時刻だった。

だが、切羽詰まった姫さまの声は、「……へ？」という間抜けな響きを最後に途切れる。

「あの……リンツ、これは一体、どういう状況なのです？」

「えーと……なんと申しますか……」

「姫さまのせいですわよ！」

「むうー」

僕の言葉を遮って、エルフリーデが挑発するように姫さまに向かって顎《あご》を突き出し、ミュリエは頬を膨らませて、姫さまを睨みつける。

「私のせい？」

戸惑うような姫さまの視線から、僕はそっと目を逸らした。

実は、姫さまが部屋に飛び込んでくる少し前から、僕の部屋ではエルフリーデとミュリエ、その二人と、ロジーさんが睨み合っていたのだ。

いや、まあ、睨み合っているとは言っても、ロジーさんは相変わらず淡々とした様子ではあったけれど。

きっかけは、ロジーさんの一言だった。

「坊ちゃま、姫さまが婚姻を望まれておられるのであれば、私は歓迎すべきことかと存じます」

途端に、エルフリーデとミュリエが、それに反発したのだ。

「メイド長さまは、お義兄さまがいいように利用されてもよいと、そう仰いますの！」

「ますの！」

「現時点では姫さまの他に、坊ちゃまに益のあるお相手は見当たりません」

ロジーさんがぴしゃりとそう言い返したところで、姫さまが飛び込んできたのだ。

なにせ、昨日の今日だ。

誰が悪いかと言えば、はっきり言ってマグダレナさんが悪いのだけれども。

それはともかく、このタイミングで追っ手が現れてくれたことに、僕は少し感謝したい気持ちになった。

「で、姫さま、僕はどこへ行けばいいんですか？」

「あ、はい、先生が城壁の上へ来てほしいと……」

「分かりました。ロジーさんは僕と一緒に。姫さまは、ここで大人しく待っていてください」

「えっ？」

戸惑う姫さまをその場に置き去りにして、僕はロジーさんと共に部屋を飛び出す。

ロジーさんとエルフリーデたちを引き離し、尚且つ、姫さまには安全なところにいてもらえるわけだから、この形が最善だと、僕はそう思ったのだ。

僕らは中庭に飛び出すと、そのまま壁沿いに据え付けられている石段を一気に駆け上がる。

城壁の上には、弓を携《たずさ》えた兵士たちと、マグダレナさんが待ち受けていた。

「次代の王、昨晩はよく眠れましたか？」

「お陰様で……」

口ではそう言いながら、僕は胸の内で『あなたのせいで眠れませんでしたよ……』と、毒づく。

少なくとも、夕方近くになって交わすような挨拶ではないけれど、この人が昨日、「よいではありませんか。王になってしまえば、何人奥方がいても咎められることはないのですから、取りあえずディートリンデを娶って、あとは手当たり次第にバンバン娶ってしまえばいいのです」と、とんでもないことを言い出したせいで、いろいろとあらぬ想像をしてしまって、結局、眠りについたのは朝方のこと。実際は、つい一刻ほど前に目覚めたばかりだ。

尚、目を覚ました時には、ロジーさんとエルフリーデ、それにミュリエが、じっと僕の顔を覗き込んでいた。無論、部屋には鍵を掛けていたはずなのだけれど……。

とにかく、心臓に悪いからやめていただきたい。

「それで、追っ手はどちらに？」

ロジーさんがそう尋ねると、マグダレナさんはどういうわけか、微妙な顔をした。

「それが……使者を寄越してくるようなのです」

「使者？」

僕は、マグダレナさんと一緒に城壁の端へと歩み寄り、促されるままに手すりから身を乗り出して、下を覗き込む。

城門から北へ向かって伸びる一本道。それを目で辿っていくと、半旗を掲げて、こちらの方へと歩いてくる一人の人物の姿。更に、そこからずいぶん離れたところに、数両の馬車と兵士たちの姿があった。

「……ずいぶん少ないですね」

「ええ、あくまで目算ですけれど、全部合わせても五十人程度です」

「五十人？」

この城砦に辿り着く前に、ティモさんから聞いていた敵の数は百人前後。五十人では、数が合わない。ティモさんを全面的に信用することは難しいけれど、ここは、敵が何かを企んでいると考えた方が賢明だろう。

「兵を分けて、別の方角から攻めてくるということは？」

僕がそう問いかけると、マグダレナさんはこくりと頷く。

「その可能性は高いでしょうね。念のため、正面だけではなく、四方にも兵を割いて城壁の上から監視させております。今のところ、何もおかしなものは見つかっておりませんけれど」

そうこうする内に、こちらへと歩いてきていた人物が、城門の前へと辿り着き、手にした半旗をぶんぶんと振り回した。

三日月と鷹の意匠――東クロイデル王国の国旗である。

もはや、東クロイデルが関与していることを隠すつもりもないらしい。

戦時の使者は半旗を掲げる。そして、半旗を掲げる者を攻撃してはならないというのが、戦時慣例だ。

「いやぁ、どーも、お待たせしちゃって悪かったねー」

その人物の口から飛び出したのは、まるで気心の知れた友人と待ち合わせでもしていたかのような親しげな言葉。あまりにも場違いなその物言いに、僕は思わずその人物を凝視する。

甲冑ではなく、苔《こけ》色の作業着を着込んだその人物に、僕は見覚えがあった。

それは、女の子みたいな華奢な体つきの少年。僕と同じくらいか少し年上だろうか。長く伸びた黒い前髪が片目を覆い隠し、隠れていないもう一方の目がにこやかに微笑んでいる。王都を脱出する時に見かけた、衛兵たちの只中にいた少年だ。

緊張感の欠片もない物言いで削《そ》がれた警戒心を紡ぎ直すように、マグダレナさんは、低い声で城壁の下へと問い掛けた。

「それで、どういったご用件でしょう？」

「あらら、なんか冷たいね？　中央の人たちって、もっとおおらかだと思ってたんだけどなー」

「私は、東の方々はまじめだと伺っておりましたけれど？」

「そう！　そうなんだよねー。ユーモアっていうの？　みんなそういうのが足りないんだよね、ウチの連中ってさ」

城壁の上の兵士たちの間に漂う空気を、あえて言葉にすると『なんだこいつ？』という一言に集約される。だが、どういうわけか、マグダレナさんの表情は険しくなる一方。次第に彼女の言葉にも、刺々しいものが混じり始める。

「そもそもこれは我々、中央クロイデルの内政問題です。何を思ってあなた方がしゃしゃり出てこられたのかは存じませんけれど、ハイエナのように腐肉漁りがご希望なら、まだ出番には早すぎますすよ？」

「ははっ！　そんなに怖い顔してたら、ますます皺《しわ》が増えちゃうよ？　おばさん」

途端に、マグダレナさんのこめかみの辺りから『ビキッ！』と、人体からは決してするはずのない音が聞こえてきて、僕とロジーさんはビクリと身を跳ねさせた。

「うっわー、めっちゃ睨まれてるよ、ボク」

東クロイデルの少年は首を竦めると、再びマグダレナさんへと微笑みかけた。

「ま、いいや。ボクの用ってのは降伏勧告だよ。ボクらの要求は妖精姫《ニンフェ》の引き渡し。そこにいるんでしょ？　彼女の身柄を引き渡してくれさえすれば、君たちは見逃してあげる。なんなら今後百年、この城砦には絶対に手を出さない、なーんていう念書を書いてあげてもいいよ？」

「ふざけるなっ！」

声を荒らげたのは、マグダレナさんではなく居並ぶ兵士の一人。その声はすぐに周囲に伝播《でんぱ》して、城壁の上の兵士たちが口々に声を荒らげ始めた。

だがそれを、「お黙りなさい！」とマグダレナさんが一喝して、再び使者の少年を睨みつける。

「少年、無謀な言葉を使うのは、若い方の特権ではありますけれど、その人数でどうするおつもりなのです？　泣いてお願いされても、城門は開けて差し上げられませんよ？」

「あはは、確かに戦争は人数でやるもんだけどさ。ボクらには魔術ってのがあるんだよね」

少年のその言葉を、マグダレナさんは鼻先で嗤《わら》った。

「魔術？　そんな恩寵《ギフト》の紛《まが》い物で何をする気かは知りませんけれど、こちらには等級Ａの恩寵《ギフト》保持者《ホルダー》がいるのですよ？」

「うん、知ってる知ってる。王都でボクも見てたんだもの。大したものだと思ったよ」

そして、僕の視線に気付いたのか、彼は僕の方へと顔を向けて、ニヤリと笑った。

「でも、今日は使わない方がいいね、リンツ・ラッツエル。使ったら死ぬかもよ？」

ゾクリ……。

僕に向けて放たれたその言葉に、背中を何か冷たいものが滑り落ちていく。

——なんだ？　一体。なんで僕の名を？

マグダレナさんの方へと目を向けると、彼女の顔色がずいぶん蒼ざめているのが分かった。

「まあ、とにかく、交渉は決裂ってとこかな？」

少年がマグダレナさんへと、そう告げると、彼女はどこか緊張したような面持ちで口を開く。

「……あなた、ずいぶん性質《タチ》が悪いですわね」

「あはは、気付いちゃった？　いや、ボクの言葉から推測したのかな？　まあ、せいぜい頑張ってよ。あ、そうそう、おばさんはボクの好みのタイプだからさ。全部終わってまだ生きてたら、ペットとして飼ってあげてもいいよ？」

「ふざけんなァアアア！」

少年の言葉にブチギレたのは、マグダレナさんではなく、その直ぐ傍にいた若い兵士。クセの強い栗色の髪の少年兵だ。彼は掌を城門の下の少年へと向けた。

「いけませんっ！」

マグダレナさんが、必死の形相で声を上げる。

だが、もう遅い。

半旗を掲げた者を攻撃するのは慣例に反する。だが、マグダレナさんが声を上げたのは、それを気にしたからではなかった。

少年兵は恩寵《ギフト》を発動させる。その挙動を見る限り、おそらく炎を操る類《たぐい》の恩寵《ギフト》なのだろう。

だが、彼の掌から炎が飛び出すことはなかった。

恩寵《ギフト》を発動した途端、『グシャッ！』と水気を含んだ音を立てて、彼の眼球がはじけ飛んだのだ。

「ぎゃぁあああああ！　目が！　目がぁあああ！」

背筋が凍てつきそうになるような絶叫。彼は血の滴る眼窩《がんか》を押さえて暴れまわる。そして、血を撒き散らしながら、城壁の内側へと落ちていった。

「リッケルト――ッ！」

彼の名を叫ぶマグダレナさんの声だけがその場に取り残されて、城壁の上は水を打ったかのように静まり返る。おそらく今、目の前で起こった出来事が何だったのか、誰も思考が追いついていないのだろう。無論、僕もだ。

「だから言ったのに。使ったら死ぬかもって。まあ、効果があってよかったよ。魔術の効果を意図的に暴走させただけなんだけどさ。恩寵《ギフト》にも効果があるかどうか正直分かんなかったんだよね。うんうん、実験へのご協力、感謝するよ」

「くっ……！」

マグダレナさんが、血が滲むほどに唇を噛みしめると、少年はいかにも楽しそうに嗤う。

「あはは！　おばさん。それとリンツ・ラッツエル。あんまりあっさり死なないでおくれよ。本番はここからなんだからさ」

彼がそう言い放った途端、いきなり空が昏くなった。

見上げれば、その昏い空を背景に、眩《まばゆ》い光が走って、宙空に図形を描いていく。丸、三角、逆三角、再び丸。そしてその周囲を、見たこともない文字列が輪を描いて回転し、どこか禍禍《まがまが》しい紋様を形作っていく。

「坊ちゃま、一体、何が……」

ロジーさんが、僕の背後で不安げな声を漏らしたその瞬間、紋様を突き破って、何かが姿を現し始めた。

宙空を見上げながら狼狽《うろた》える兵士たち。その戸惑いの声が、城壁の上を漣《さざなみ》のように広がっていく。

――何だ？　何だあれは？　何が起こっているのだ？

迷子のような顔をして、怯えた声を洩らす兵士たち。彼らを笑うことなど、誰にもできはしない。僕だって何も変わらない。同じように、ただ戸惑っているだけだ。

城壁の下、例の少年の方を見下ろせば、彼はまるで買い与えられた玩具《おもちゃ》の包みを開こうとする子供のような、満面の笑みを浮かべている。

腹立たしい。とても腹立たしいけれど、今彼を口汚く罵ったところで、それは負け犬の遠吠えでしかない。

視線を再び上へと上げていけば、目に映るのは複雑な図形が描かれた昏い空。そこには今、染みのようにいくつもの黒い点が、浮かび上がり始めていた。

僕は、徐々に浮かび上がってくるその黒い点を、じっと見つめる。

「脚……？」

僕の目に、それは確かに人の脚部のように見えた。甲冑の脛当て《グリーブ》、もしくはブーツのような鋼《はがね》の足だ。それが、まるで植物が根を伸ばすかのように、もしくは寒い夜の氷柱《つらら》のように、次第にその姿を現していく。

足首、次に脛《すね》、やがて腿《もも》と、下へと向けて伸びるソレは　紛れもない人の脚。甲冑に包まれた鋼の脚部。だがそれは人間のものにしては、あまりにも大き過ぎた。

呆然とそれを眺めていると、突然、ロジーさんが僕の手を掴んだ。

「坊ちゃま。お急ぎください。ここにいては逃げ場がありません」

いつも通りの平坦な物言いではあったけれど、その声音には焦りの感情が纏わりついていた。

彼女は抗う暇もなく、僕の手を引いて駆け出そうとする。

「ま、待ってください！　ロジーさん！」

「待ちません」

言うや否や、彼女は僕を引き摺るように、慌ただしく石段を駆け下り始める。そして僕らが、そのなかば辺りまで下りてきたところで、城壁の上の兵士たちが一斉に声を上げた。

宙空に現れたソレが、ついに降下し始めたのだ。

犬のような鋭角的な頭部。黒光りする鋼の身体。城砦の上へと次々に滑り落ちてくるソレは、僕の目に、全身甲冑を纏った騎士のように見えた。

ただ、やはりそれは人の大きさではなかった。目測でしかないが、四シュリット（約三メートル）はありそうな巨大な騎士。それが僕らを目掛けて一斉に降下してきたのだ。

城砦の各所から、石と鉄がぶつかる重厚な衝突音が響き渡る。尖塔が砕け、石畳が抉《えぐ》れて石《せき》礫《れき》が飛び散った。

城壁の上、マグダレナさんたちのすぐ近くへと、跪《ひざまず》くような態勢で着地した一体が身を起こすと、金属のこすれ合う不快な音が響いて、石造りの壁にはピシピシと音を立ててひびが走り、そのひびの間からは土煙が立ち昇った。

怒号、悲鳴、泣き喚く声。混乱しきった兵士たちの声が、城壁の内側に満ちていく。

「……バケモノじゃないか」

僕の貧しい語彙力《ごいりょく》では、それ以外に、この巨大な鋼の甲冑を形容する言葉が見当たらない。

鋼の甲冑は、回転する車輪のような奇妙な音を体内から響かせながら腕を振り回し、逃げ惑う兵士たちに襲い掛かった。幾人かの兵士たちが踏みとどまって、勇敢にも甲冑の周りを取り囲んで槍を突き出す。だが、キン！　キン！　と、鉄のぶつかり合う甲高い音は響けども、鋼の甲冑には微塵も怯む様子は見当たらない。兵士たちの怒号と絶望的な悲鳴との間に、マグダレナさんが必死に叫ぶ声が聞こえてきた。

「正面に立ってはなりません！　背後に回り込みなさい。城壁から突き落とすのです！」

マグダレナさんを守って、兵士たちは果敢に立ち向かう。だが、鋼の甲冑が腕を振り回す度に、幾人もが悲鳴と共に、城壁の上から跳ね飛ばされる。間断なく響き渡る兵士たちの悲鳴。

それを嘲笑うかのように、件《くだん》の少年の声が響き渡った。

「あははは！　生身の人間が魔導甲冑《アルミュール》に敵うわけないってば！」

『魔導甲冑《アルミュール》』というのは、たぶん、あのバケモノのことだろう。

僕が思わず下唇を噛みしめると、ロジーさんが掴んだままの僕の手を引っ張った。

「坊ちゃま、今は逃げるより他にございません。早く姫さまたちのところへ」

僕は思わず息を呑む。その一言で、姫さまたちを部屋に残してきたことに思い至ったのだ。

魔導甲冑《アルミュール》が降り立ったのは、城壁の上だけではない。姫さまたちがいるはずの中央棟へと目を向ければ、そこにも土煙が立ち昇っているのが見えた。途端に、焦りが僕の胸を焼く。僕らは背後から聞こえてくる悲鳴に耳を塞《ふさ》ぎ、目を背けながら、慌しく石段を駆け下りた。

中庭に辿り着くと、そこも既に、無残な有様へと変わり果てていた。砕け散った石畳に、倒壊した尖塔の残骸が横たわり、地に伏した兵士たちの身体から流れ出た赤い血が、石畳の継ぎ目を赤く描き出している。

「こっちもか……！」

見回してみれば、視界の範囲だけで三体の魔導甲冑《アルミュール》の姿がある。巨大な甲冑がそれぞれに、声を上げて逃げ惑う兵士たちへと襲い掛かっているのが見えた。

「坊ちゃま！　あそこから屋内に入りましょう！」

ロジーさんが指さしたのは左手の兵舎の扉。この位置からであれば、最も近い建物への入り口だ。建物同士は中で繋がっているはずだから、屋内を通り抜けて、姫さまたちがいる中央棟へと辿り着けるはずだ。

だが、彼女が声を上げた直後に、魔導甲冑《アルミュール》の一体が、ギシギシと軋むような音を立てて、こちらへと顔を向けた。

――気付かれた！

思わず頬が引き攣る。

魔導甲冑《アルミュール》は、両腕を振るって兵士たちを無造作に薙《な》ぎ払うと、こちらを向いたまま動きを止めた。

――見られている。

息をするのも忘れるほどの重苦しい殺気。僕の頬を一筋の汗が流れ落ちた。

そして次の瞬間、けたたましい回転音が響いて、魔導甲冑《アルミュール》の足下で火花が散る。魔導甲冑《アルミュール》の足の裏から飛び出した車輪が回転して、その巨体に似つかわしくない、恐ろしいほどの速さで、こちらへ向かって突進してきたのだ。

「なっ!?」

「きゃあっ！」

僕とロジーさんは、それぞれ左右に飛び退いて、突進してくる鋼の塊を躱《かわ》す。僕らが石畳の地面を転がると、魔導甲冑《アルミュール》は、ギュルギュルと音を立てて旋回し、再び僕に狙いを定めて突っ込んできた。

「坊ちゃま！」

「うわぁあああ！」

石礫を跳ね上げながら迫りくる巨体。僕は四つん這いの態勢のまま横っ飛びに飛び退いて、紙一重で再び魔導甲冑《アルミュール》の突進を躱す。

どうやらこいつは、僕に狙いを定めているらしい。それなら……。

僕は身を起こすと足下に転がる兵士の死体、その傍に転がっている剣を拾い上げて身構える。

「坊ちゃま！　いけません！　お逃げください！」

ロジーさんは、彼女らしからぬ狼狽《ろうばい》しきった表情を浮かべて、必死の声を上げた。

「ロジーさんは姫さまたちのところへ！　僕もすぐに追いかけますから！」

だが、彼女に動く気配はない。

「僕を信じて！　約束します！　必ず追いかけますから！」

「……っ！」

僕が声を限りに叫ぶと、彼女は唇を噛みしめながら、踵を返して建物の方へ走り始める。遠ざかって行くロジーさんの足音。それを背中で聞きながら、僕は、再び迫りくる魔導甲冑《アルミュール》を睨みつけた。

金属の車輪が地面を抉る耳障りな音が響き渡った。鋼の化け物は、砂煙を巻き上げながら旋回し、再びこちらへ突進してくる。

慣れない剣を掴んだ指先が震える。身体が竦んでいる。たぶん、今の僕は、目も当てられないようなへっぴり腰なのだろう。今の僕にできることは、ロジーさんが逃げる時間を稼ぐことぐらいだけど、それでも……やらなきゃならない。

魔導甲冑《アルミュール》は、走ってきた勢いのままに拳を高く振り上げる。力任せに振り上げられた拳が、僕の上へと振り下ろされようとする、まさにその瞬間――


――僕と魔導甲冑《アルミュール》の間に、飛び込んでくる人影があった。


思わず目を閉じた僕の耳朶《じだ》に、甲高い金属音が突き刺さって、瞼の裏に火花が散る。

恐る恐る目を開けば、横っ面を剣でぶん殴られて、よろめきながら建物へと激突する魔導甲冑《アルミュール》の姿。そして僕の目の前には、水平に剣を構える、赤い髪の女性の背中があった。

「レナさん！」

「おう、間に合ったみてぇで、何よりだ」

「あ、ありがとうございます」

「しっかし……なんで恩寵《ギフト》を使わねぇ？　おまえの恩寵《ギフト》なら、こんな鉄屑、一発だろうに」

「恩寵《ギフト》が、封じられてるんです」

「……なるほどな」

レナさんが頷いたのとほぼ同時に、立ち昇る土煙の中で、魔導甲冑《アルミュール》がギシギシと身体を軋ませながら、身を起こすのが見えた。

「かー……しぶてぇ鉄屑だな、おい」

レナさんが、そう吐き捨てて肩を竦めると、魔導甲冑《アルミュール》は、再び足下の車輪から火花を散らして、こちらへと突っ込んできた。石畳を抉る車輪の音。先ほどまでと何も変わらぬ勢い任せの特攻。だが、それでいいのだろう。この鋼の塊とぶつかり合って、無事で済む人間など普通にはあり得ないのだ。そいつは身を仰け反らせるように拳を振り上げ、レナさんの頭上へとそれを一気に振り下ろす。人の頭ほどもある拳が唸りを上げる。空気が震えて、風斬り音が響き渡った。

だが、レナさんに動く気配はない。

血の色に塗れた絶望的な光景が脳裏を過って、僕はただ顔を引き攣せる。

だが、拳がレナさんの上へと落ちるまさにその瞬間、彼女はスッと身体の向きを変えた。

たったそれだけ。たったそれだけで、彼女はあっさりと拳を躱し、後ろで束ねた赤い髪をわずかにかすっただけで、巨大な拳は空を斬った。

だが、僕らの脇を通り過ぎた魔導甲冑《アルミュール》は、すぐに不快な音を撒き散らしながら旋回し、再びこちらへと迫ってくる。

「なあ、リンツ。こいつが怖いか？」

レナさんはそれを見据えたまま、背中越しに僕へと問いかけた。

「え？　あ、はい」

「まあ、そうだろうな。デケぇしな。あの拳だって当たりゃあ、まあ、だいたい死ぬだろうしな」

――だいたいじゃなくて、確実に死ぬと思いますけど？

僕の胸の内の、そんなどうでもいい思いは、もちろん彼女には伝わらない。

レナさんはゆらりと剣を構えた。切っ先を地面に向けた、見慣れない構えだ。

「でも、まあ、心配すんな」

彼女はわずかに目を細めると、迫りくる魔導甲冑《アルミュール》の方へと真っ直ぐに駆け出す。そして次の瞬間、僕の視界からレナさんの姿が掻き消えた。

それは、神速の踏み込み。

彼女は一瞬にして魔導甲冑《アルミュール》の懐《ふところ》へと潜り込むと、その喉元を、恐ろしいほどの速さで突き上げる。金属を穿《うが》つ鈍い音が響いて、甲冑の首の後ろから、剣先が顔を覗かせた。

「……デカくても、こんなヤツぁ、オレの敵じゃねぇんだよ」

◆◇◆◇◆

「いやー、いい表情《かお》だったなぁ……」

おばさんの屈辱に塗《まみ》れた表情を思い出しながら、ボクが弾むような足取りで高級馬車《キャリッジ》のところまで戻ってくると、技術班長のジョルディ君が慌ただしく駆け寄ってきた。

「大変です！　魔導甲冑《アルミュール》が一体、破壊されました！」

「あはは、いいねぇ、それ！　ジョルディ君、キミが冗談を言えるタイプだとは思ってなかったよ」

「冗談などではありません！　これをご覧ください！」

彼が差し出してくる魔導鋼板を覗き込むと、単純な線で描かれた城砦の見取り図の上に、いくつもの緑色の光点《ブリップ》が動いていた。その数全部で十一。

……十一？

「ご存じのとおり、送り込んだ魔導甲冑《アルミュール》は十二体です。つい先ほど中庭付近で、一体の反応が消失しました！」

「おいおい、馬鹿言っちゃいけないよ、ジョルディ君。ヘクトールは確かに量産型の魔導甲冑《アルミユール》だけど、剣や槍でどうこうできるものではないって。故障じゃないのかい？」

そう言って、ボクが再び魔導鋼板を覗き込んだその瞬間、もう一つ、光点《ブリップ》が消失した。

「……………な、なんだい、これは？」

思わず、ピクリと頬が引き攣る。東クロイデル王国が長年の研究の末に完成させた、魔導の心臓を持つ一人乗りの機工人形——魔導甲冑《アルミユール》。凡百の兵士が束になってかかったところで、その鋼の身体に傷一つつけられるはずがない。

だが、消えた光点《ブリップ》の位置はやはり中庭。どうやらそこで、ボクの想像を超えた何かが起こっているらしい。

中庭に降下した魔導甲冑《アルミユール》は、あと一体。

そちらに目を向けると、光点《ブリップ》が消失した直後から、その一体が激しく動き始めている。どう見ても何かと交戦しているようにしか見えない。

「ねぇ、コゼット！　魔力増幅装置《アンプリフィキャタ》はちゃんと動いてる？　彼らが恩寵《ギフト》を使えるようになったってことはないよね」

「ありません」

コゼットは銀縁眼鏡を押し上げて、わずかに唇を尖らせる。

だから……『ありません』のたった五文字に「なんだ？　やんのか、コラ！」と、威嚇めいたニュアンスを乗せてくるのは、ほんとやめてほしい。

「分かってる、コゼットはちゃんとやってくれてるって分かってるよ。念のためさ」

ボクが首を竦めた途端、ジョルディ君が再び声を上げた。

「ま、また一つ消えました！」

「なんだって!?」

「建物の中に突っ込んだあと、そこで消失しました！」

これはもう決まりだろう。恩寵所持者《ギフトホルダー》の他に、異常に戦闘力の高い『何か』がいるということだ。

「ジョルディ君、妖精姫《ニンフェ》の居場所は分かるかい？」

「はい、それは問題ありません。追跡《トラッセ》は正常に機能しております」

ジョルディ君がそう言って魔導鋼板を操作すると、画面上に赤い光点《ブリップ》が現れた。

「この、一番近くにいるヘクトールは誰のだい？」

「四号機ですので、おそらくサルファ君伍長ではないかと……」

「じゃあさ、ジョルディ君。サルファ君に詳細をナビゲートして、姫さまを捕らえさせてよ。

で、他は全員、即時脱出。そう通達して」

「は？　だ、脱出ですか？」

「うん、脱出。実験の結果は良好。認識阻害幕《カモフラージュ》も機能したし、魔導甲冑《アルミュール》の転移も成功。魔力増幅装置《アンプリフィキャタ》で恩寵《ギフト》を抑え込めるって仮説も実証できたことだしね、あとは……」

視界の端で、コゼットが眉を顰めるのが見えた。でもごめんよ。正直、ボクはニヤけるのを止められない。

「……最後の実験だけだよね」

「ま、まさか、本気でアレを使うおつもりですか？」

「うん、こんなこと冗談じゃ言えないよね？　サルファ君への指示が終わったら、キミも中央の兵士くんたちと一緒に、できるだけ遠くに離れなよ。あーそうそう、それとボクのサラバンドは？」

「はい、あちらに」

ジョルディ君の指し示した先には、ボクの専用魔導甲冑《アルミュール》『サラバンド』が鎮座している。

モスグリーンの個体塗装《パーソナルカラー》を施された、蜘蛛さながらの六本の脚を持つ多脚式の重装甲型魔導甲冑《アルミュール》だ。

ボクとコゼットの複座式であるために、背中には巨大なコンテナを背負ったような、もはや人型とは言えない異様な形状になっている。

ちらりとコゼットの方を盗み見ると、嘲笑するように口の端を歪めているのが見えた。

――専用機？　はっ、どうせ前線に出ないんだから、お前には必要ねぇだろ。

あの顔は、絶対そう思ってる。

……まあ、いいや。

「実験の最終起動はこっちでやるから、すぐに準備はじめちゃってよ」

ボクがそう言うと、ジョルディ君は表情を曇らせた。

「で、ですが、アレを使ってしまえば、魔力増幅装置《アンプリファイキャヤタ》を守備している中央の兵士たちも巻き込まれてしまいますし、何もそこまで……」

「おいおい、ジョルディ君。君は小さい頃、ママに教えられなかったのかい？」

「は？」

「遊んだあとは、ちゃんとおかたづけしなさいってさ」

ジョルディ君が強張った表情を浮かべて、身を仰け反らせる。

ボクにとっては魔鏡を奪取することも、魔導装置の実験も、全てただのついででしかない。

リンツ・ラッツエルを見つけてしまった今、これは取っ散らかったボクの過去を、綺麗さっぱり片づけるための一つの機会でしかないのだ。

自分では分からないけど、この時ボクは、たぶん……かなり悪い顔をしてたんだろうなと思う。

◆◇◆◇◆

「びろ――――ん」

俺は、白い布を指先で左右に引っ張りながら、声に出して言ってみる。

うん、パンツ。純白の女性もの。ほとんど飾りのついてない、木綿のやつ。

「うーん、わっかんないねぇ。こんな布っ切れだけで興奮できるヤツって、頭がおかしいと思うね、俺は」

そう言いながらも、一応そいつをポケットにしまい込む。

「ま、妖精姫《ニンフェ》のパンツだって言えば、好事家がそれなりに金を出すだろうさ」

そう言いながら、姿見に映った俺が、白い歯をキラリと光らせた。

――うん、やっぱ俺ってば、今日も男前だわ。

昨日、ここに到着するなり牢屋に放り込まれた俺は、大人しくタイミングを待つことにした。

何のタイミングかって？　もちろん、この城砦が大混乱に陥るタイミングに決まってる。

リンちゃんたちにゃ悪いが、大儲けのチャンスなのだ。

東クロイデルの王宮と、中央の衛兵たちの中にいる情報提供者から齎《もたら》された情報を総合すれば、東の連中が何を企んでいるかは、だいたい想像がつく。俺だって、もともとは東クロイデルの研究員だったのだから。

「しっかし……考えたもんだよなー」

恩寵《ギフト》の力を封じるってのは、東の連中がずっと研究してたテーマだけれども、逆転の発想っての？　魔力を高めて暴走させるってのには、正直驚いた。

おそらく城砦を取り囲むように、何台か魔力増幅装置《アンプリフィキャタ》が設置してあるんだろう。見つかった様子がないってことは、たぶん、認識阻害幕《カモフラージュ》付きで。

もちろん、そいつを叩き壊せば、恩寵《ギフト》も使えるようになるんだろうが、わざわざ俺の方から、そこまで教えてやるのはお節介が過ぎるってもんだ。

というわけで、俺は混乱に乗じて、お姫さまの部屋を物色していた。

目的はもちろん、イラストリアスの魔鏡だ。

ここで魔鏡を手に入れれば、西に売ろうが、東に売ろうが、一生遊んで暮らせるだけの金が手に入る。

反乱軍の連中が、王宮の中をくまなく探し終えても魔鏡が見つからないってのは、姫さまが持ってるからに違いない。そう思ってたんだが……。

「……見当たんねぇなぁ」

姫さまの私物は小さな背嚢《リュック》が一つだけ。それもなんだかボロっちいし、どう見ても王宮から持ち出したものじゃない。中身は替えの下着が数着分。逆さに振っても、他には何も出てきやしない。

俺は思わず肩を竦める。当て外れにもほどがあるってーの。

「しゃーねぇな。それでも経費分ぐらいはなんとかしないとねぇ……。この城砦の金庫って、どこだろうな？」

迷わずターゲットを変更する俺。デキる男ってのは、切り替えが早いもんなのさ。

だが、俺が部屋の出口へ向かおうと、一歩足を踏み出したその瞬間――。

部屋の石壁が、音を立てて弾け飛んだ。

「うひゃ――！　な、な、な、なんだってんだよ！」

正直に言う……腰が抜けた。

ひっくり返された虫みたいに、必死に床を蹴って後ずさる俺。かっこ悪いとかいうなよ。こんな状況になれば、誰だってこんなもんだ。

壁にはどデカい穴が開いていて、濛々《もうもう》と土煙が立ち昇っている。そして、その土煙の中には、倒れ込んだ魔導甲冑《アルミユール》を足蹴にして、首元に刺さった剣を引き抜く赤毛の女の子の姿があった。

「よ、よぉ……レナちゃん。あいかわらず、げ、元気そうだねぇ」

彼女はギロリと俺を睨みつけると、ゆっくりと歩み寄ってくる。そして、俺の鼻先に剣を突きつけた。

「こんなところにいやがったのか、クソ野郎！　てめえ、連中の手の内は分かってるとか偉そうなこと言ってたよな？　全部唱《うた》ってもらうぞ！」

「あ、あはは、レ、レナちゃん。落ち着きなって、な。ほら、戦争反対、暴力反対！」

その時、彼女の背後に開いた壁面の穴から、虹彩異色《オッドアイ》の少年が顔を覗かせる。

「ティモさん！　お願いです。力を貸してください！」

俺は、思わず溜め息を吐いた。

やれやれ……まあ、この状況で何を言い繕ったって、レナちゃんは容赦してくれないだろう。

こいつらに協力する以外の選択肢が、一気に消えた。

「ちっ、しゃーねぇ。んじゃま、取りあえず恩寵《ギフト》を使えるようにしなきゃな」

……デキる男ってのは、切り替えが早いもんなのさ。

◆◇◆◇◆

ティモさんが言うには、魔力増幅装置《アンプリフィキャタ》というのが、荒野にいくつか設置されていて、それで取り囲んだ範囲には、魔力が暴走するほどの強力な力場が発生するらしい。

魔力増幅装置《アンプリフィキャタ》は、四シュリット（約三メートル）ほどもある金属の円筒。かなりの大きさがあるというのに、城壁の上からそれを発見できなかったのは、おそらく認識阻害幕《カモフラージュ》という別の魔導装置で覆われているから――なのだそうだ。

「じゃあ、お前、そいつぶっ壊してこいよ」

「レナちゃ～ん。そりゃ無茶ぶりってもんでしょうよ。俺のこの細腕で、守備してる兵隊に敵うわけないいじゃないのよ。ほら、色男、金と力はなんとやらって言うでしょうが」

「ちっ……。役立たずが」

レナさんがそう吐き捨てると、ティモさんは罵られているにもかかわらず、安堵の表情を浮かべて、ホッと胸を撫でおろす素振りを見せた。

だが、その途端、

「なに安心してやがる。お前も来るんだよッ！」

「ええっ⁉　うそだろぉ……勘弁してくれよぉ」

レナさんは彼の首根っこを引っ掴むと、それを引き摺るようにして、壁面に開いた穴の方へと歩き始めた。

　再び、僕らが中庭へ歩み出ると、各所から鉄のぶつかる音と兵士たちの悲鳴と怒号が聞こえてくる。城壁の上へと目を向ければ、彼らの奮闘の甲斐あってか、マグダレナさんの無事な姿が見えた。

「……もう少しだけ持ち堪えてください」

　僕は奥歯を噛みしめると。そのまま中庭を横切って厩舎の方へ向かい、慌ただしく馬を引っ張り出す。そして、レナさんは颯爽と馬に飛び乗ると、ティモさんに後ろに乗るように促した。

「さっさと乗りやがれ、クソ野郎！」

「ええ……マジかよぉ」

「リンツ、オレらが出たら、すぐ城門を閉じてくれ！」

「わ、分かりました」

　僕が頷くと、ティモさんが「あ、そうだ」と、ズボンのポケットを弄《まさぐ》る。そして、ボクの方へと、小指の先ほどの筒状の金属を投げ渡してきた。

「貸すだけだからな！　頼むから壊さないでくれよぉ。滅茶苦茶高いんだからさぁ」

「なんです？　これ？」

「通信の話をしただろう？　そいつは受信機さ。耳に填めときゃ、俺からそっちに連絡を入れられる。レナちゃんが、魔力増幅装置《アンプリフィキャタ》をぶっ壊したら、それで知らせてやるから、耳に填めときなよ」

「あ、ありがとうございます」

僕が、ティモさんの意外な親切に戸惑いながら頭を下げた途端、レナさんがいきなり鞭を入れて、勢いよく馬が走り始めた。

「ちょ、ちょ、わわわわわわ！」

「あ……って！　てめぇ！　どこ掴んでやがる！」

「んなこと言われたってさぁあああ！」

そして、二人は賑やかな声を上げながら、城砦の外へと飛び出していった。

◆◇◆◇◆

二人の騒がしい声が遠ざかっていくのを聞きながら、僕は滑車《かっしゃ》を回して、城門を閉じる。そして、踵を返して、姫さまたちがいるはずの中央棟へと駆け出した。

入り口の扉を開けて、一気に三階まで駆け上り、廊下の突き当たりにある部屋、その開けっ放しになった扉の内側を覗き込んだ途端、僕は思わず後ずさる。

「……なんだよ、これ」

つい先ほどまで僕がいた部屋。姫さまたちがいるはずの部屋。その部屋の壁がなくなってしまっていたのだ。扉の向こう側は、まるでバルコニーかと錯覚するような有様だった。

「姫さまっ！　ロジーさん！　エルフリーデ！　ミュリエ！」

呼びかけてみても返事はなく、壁に開いた空隙《くうげき》から下を覗き見ても、瓦礫《がれき》の他に変わったものは何も見当たらない。

あの魔導甲冑《アルミュール》が、ここに落ちてきたとしか思えない惨状。一体、姫さまたちはどうなってしまったのだろう。捕まってしまったのか、逃げ出すことができたのか、いずれにしても、ここでじっとしていても仕方がない。

その場に座り込んでしまいそうになるような絶望感を強引に払いのけて、僕は来た道を引き返す。

姫さまたちが中庭に出たならば、途中で僕と出会っているはずだ。もし逃げたのだとしても、彼女たちは、おそらく建物から外へは出ていない。

僕は慌ただしく階段を駆け下りて、一階の廊下へと目を向ける。左右の壁面には規則正しい目盛りのように、一定間隔に扉が並んでいた。僕は、そこを一気に走り抜ける。

それぞれが兵士の個室だとするならば、どこへ入っても行き止まりだ。あの聡明な姫さまが逃げ場のないところに隠れるとは考えにくい。

　廊下の突き当たりに辿り着いて正面の扉を開けると、いくつかのテーブルが設置された談話室らしき広い部屋に出た。ここにも姫さまたちの姿は見当たらない。

「姫さまっ！　ロジーさん！」

　彼女たちの名を叫びながら、僕は周囲をぐるりと見回す。

　その途端、凄まじい轟音が響き渡って、衝撃が建物を大きく揺らす。それと同時に、どこかから女の子の悲鳴が、微かに聞こえたような気がした。

「……ッ！　どこだ⁉」

　奥の扉を蹴破って、その向こう側へと飛び込むと、少し小綺麗な白壁の廊下に出た。

　右側だけに扉が並び、その扉と扉の間隔は、先ほどよりずいぶん広い。おそらく士官用の宿舎なのだろう。だが、僕がそこへ足を踏み入れたのとほぼ同時に、今度はもっとはっきりと、女の子の泣き叫ぶ声が聞こえた。間違いない。これは……ミュリエの声だ。

　見回せば、扉と扉の間に、上層階へと続く階段が見えた。僕は焦りに胸を焦がしながら、階段を一気に駆け上がる。

　二階も、一階と造りはほとんど変わらない。扉と窓の位置関係が逆で、右手には中庭をのぞむ窓がある。そして、廊下の正面へと目を向けたその瞬間、僕は思わず息を呑んだ。

僕の視界に飛び込んできたのは、身を屈めるようにして、その巨体で廊下を塞《ふさ》ぐ鋼の甲冑の姿。窓側の壁面が大きく崩れ落ちているのは、この化け物がそこから突っ込んできたことを示している。そして、その甲冑の前には、エルフリーデとロジーさんが倒れていて、二人に縋りつくようにして、ミュリエがしゃくりあげているのが見えた。

身体中の毛が逆立つというのは、こういう感覚を言うのだろう。

「うわぁあああああああああああああッ！」

手にした剣を振り上げると、僕は雄叫びを上げながら一気に駆け出した。こちらに気付いたミュリエが目を見開く。だがそれも一瞬のこと、彼女はすぐに絶望的な顔になって、必死に声を上げた。

「き、きちゃダメぇえええ――――！」

確かに恩寵《ギフト》を使えない僕が、剣一本でこの巨大な甲冑の化け物を、どうにかできるはずなどない。誰が見てもそうだろう。だからどうした！　そんなことは最初から分かっている。

魔導甲冑《アルミュール》は、ぐったりとした姫さまを小脇に抱えていた。たぶん、気絶しているのだろう。ロジーさんとエルフリーデ。通り過ぎざまに見えた二人の傷は深い。床を汚す二人の血。エルフリーデに至っては、糸の切れた操り人形《マリオネット》のように、あらぬ方向に手足が曲がっていた。

――許さない！　許せるわけがない！

「うおおおおおおおお！」

僕は剣を構えて突っ込んだ。

無謀。だが、勝算はゼロじゃない。

レナさんは、僕の目の前で三体もの魔導甲冑《アルミュール》を倒したのだ。彼女は迷うことなく、こいつの喉元を剣で貫いていた。剣の達人の目には、そこがこの化け物の弱点だと分かったのだろう。

ならば、僕もそこを狙うしかない。

幸いにも、魔導甲冑《アルミュール》は天井に頭がつかえて前かがみの姿勢。懐に飛び込めさえすれば、僕の背丈でも十分に剣は届く。

「姫さまを！　放せぇぇえええええッ！」

剣を携えて突っ込んでくる僕の姿を見ても、魔導甲冑《アルミュール》に避けようとする気配はない。傷一つ付けられるはずがない。そう高《たか》を括《くく》っているのだろう。せいぜい油断してくれ。

次の瞬間、魔導甲冑《アルミュール》が、大きく右腕を振り上げるのが見えた。

あの一撃を躱すことさえできれば、懐に飛び込める。

恐れるな！　僕。

怖がるな！　僕。

目を瞑《つぶ》るな！　僕。

風切り音を立てて振り下ろされる鋼の拳。ここだ！　僕は大きくサイドステップを踏んで、それを躱す。それと同時に鋼の拳は硬い床を穿《うが》って、砕けた破片が飛び散る。躱した！　僕は一気に踏み込んで魔導甲冑《アルミュール》の巨体。その懐へと飛び込んだ。

「喰らえっ！」

だが、僕が魔導甲冑《アルミュール》の喉を剣で突き上げようとした、その瞬間――


――凄まじい衝撃が襲い掛かってきた。


何が起こったのか、分からなかった。

「ぐはっ！」

胃液が逆流して、口の中に酸っぱい液体が溢れ出る。腹部にジンジンと鈍い痛み。ゆっくりと下に目を向ければ、魔導甲冑《アルミュール》の鋼の膝が、僕の腹部にめり込んでいるのが見えた。

――なんだよ……これ。

同じように懐に飛び込んだとしても、『剣聖の弟子』と素人では、喉元を突き上げるまでの速さが違う。違いすぎるのだ。

僕がぐらりとよろめくのと同時に、魔導甲冑《アルミュール》の鋼の右腕が、まるで小蠅でも振り払うかのように、僕の身体を薙ぎ払った。

反射的に身を庇った左腕が鈍い音と共にへし折れて、火箸を突っ込まれたかのような凄まじい痛みが、神経を駆け登ってくる。

ぐしゃり。

壁面に叩きつけられた僕は、そのままずるずると床の上に倒れ込んだ。呼吸ができない。息苦しい。咳き込む度に喉の奥から何かが込み上げてきて、口の中に鉄錆《てつさび》の味が満ちていく。

深まる夕闇の如くに、昏くなっていく視界。

「ぼっちゃ……ま……」

その昏い風景の中で、ロジーさんがこちらに向かって手を伸ばすのが見えた。

結局、僕は誰も守れなかった。何もなし得なかった。馬鹿みたいに短い間隔で、人生の底辺と絶頂を繰り返して、そして今、底辺の中で死んでいこうとしている。

『神の恩寵《ギフト》』だなんだと言っても、救いの神はどこにもいないらしい。

僕の上に魔導甲冑《アルミュール》の影が落ちて、昏い視界の中に、僕の頭を踏みつぶそうと、足を持ち上げるのが見えた。

だがその時——僕の耳の奥で、『ザザッ……』とノイズが響く。

「いよぉ！　リンちゃん！　お待たせ〜！」

救いの神は、やけに軽かった。

「オレの！　こ・の・オ・レ・の大活躍で！　無事、魔力増幅装置《アンプリファイキャタ》はぶっ壊れたぜ！　あはは！　あとで請求書回すからよろしくね！　あたっ⁉　レナちゃん！　そんなにポンポン殴んないでってば、バカになったらどうすんのさ！」

耳の奥に響く、あまりにも状況にそぐわない能天気な声。

「は、はは……」

僕が思わず苦笑したその瞬間、甲冑は一気に足を踏み下ろす。その足の裏を見据えて、僕は手を眼前に翳《かざ》した。

無駄な抵抗だと思っただろう？

だが落ちてくる足の裏が、指先に触れたその瞬間――

「『生命の大樹《レーベンバウム》』」

弱々しい声ながらも、僕は恩寵《ギフト》を発動させた。

その瞬間、水に溶いた小麦粉に指を突っ込むかのように、僕の指先が魔導甲冑《アルミュール》の鋼の足の裏へと、ズブズブと減り込んでいく。

魔導甲冑《アルミュール》の動きがピタリと止まって、まるで泡立つようにその身体のあちこちが膨れ上がると、次の瞬間には、鋼の巨体そのものが、黒い粉になって四散した。そして黒い粉は寄り集ま

ると、そのまま天井近くに群雲のように居座る。

甲冑が抱えていた姫さまの身体が、どさりと床の上へ落ちる音が響き、そして——

「え？」

どこか気の抜けたような声と共に、苔色《こけいろ》の軍装の男が、椅子に腰掛けたような姿勢のまま、どさりと床の上へと落ちてきた。

「え？　え？　え？」

何が起こったのか分からなかったのだろう。その男は驚愕の表情を浮かべたまま、左右を見回している。どうやら、こいつがあの馬鹿げた玩具を操っていたらしい。

僕は、静かに立ち上がった。

身体に受けたダメージは『生命の大樹《レーベンバウム》』で、既に修復済み。

そのまま、その男を全く無視して、僕はロジーさんたちの方へと歩み寄った。

「お義兄さ……ま？」

ミュリエが涙で汚れた顔を上げ、僕は静かに微笑みかける。

「もう大丈夫だよ」

そして、僕は折り重なるように倒れている、ロジーさんとエルフリーデの傍へと膝を落とした。

大丈夫だ。二人とも、まだ息がある。

僕は両手で二人の手を握って、恩寵《ギフト》を発動させた。

「『生命の大樹《レーベンバウム》』！」

二人の蒼ざめた顔に、徐々に色彩が戻ってくる。そこらじゅうにできた痣と擦り傷は瞬時に消えてなくなり、服の下の大きな傷は塞がっていく。途切れかけていた二人の鼓動が、確かなリズムを刻み始めたのが分かった。

僕は、ホッと安堵の息を洩らすと、背後で戸惑ったまま硬直している男の方へと振り返る。

「ひっ⁉」

男は顔を引き攣らせると、じたばたと這うように意識のない姫さまの傍へと近づき、強引にその身体を引き起こして、首元にナイフを突きつけた。

「ちっ！　近寄るなっ！　バケモノッ！」

バケモノ……。まあそうでしょう。そう見えるでしょう。

僕は思わず苦笑しながら、その男を見据える。年の頃は二十代前半、短髪で兵士らしい強面《こわもて》の男だ。

「僕……自分でも、ちょっと驚いているんです。こんな気持ちになったのは初めてで、どういえばいいのかな？　エルフリーデについてはちょっと複雑ですけれど、僕の大切な人たちを傷つけて、痛い目にあわせて、怖がらせて……」

「な、何を言っている！　黙れ！」

この胸の中で渦巻いている感情を、言葉にしようとしても、どうにも上手くいかない。

だから僕は、これからしようとしていることを、そのまま何の比喩もなく、口にすることにした。

「オマエ、もう死んでいいよ」

僕が右手を掲げると、宙空に群雲のように浮かんでいた黒い粉が一斉に男へと襲いかかった。

「や、や、やめろ、な、なんだぁ⁉」

黒い粉に見えたそれは羽虫。だが、羽虫とは言っても一つ一つが鋼の欠片。一つ一つが鋼の矢のようなものだ。姫さまの身体には傷一つ付けずに、鋼の羽虫は男へと一斉に群がっていく。

「ぎゃ」

上がりかけた悲鳴は瞬時に途切れ、黒い靄《もや》の向こう側で、赤い霧が立ち昇る。そして、羽虫が再び舞い上がったあとには、真っ赤な血溜まりだけが、その場に取り残された。

「ふぅ……」

僕は小さく息を吐く。こんなことで気が晴れるわけではない。むしろ最悪な気分だ。迎賓館を脱出する時には、貴族たちを見殺しにした。それも、僕が殺したのだと言えなくもないけれど、今のコレはそれとは全く違う。僕が自分の意志で命を奪い取ったのだ。

僕は聖人でもなければ、君子でもない。自分自身はそれなりに善人だと思っていたが、今となってはそれも怪しい。だが、これが争うということなのだ。英雄譚に描かれるような雅《みやび》な戦いなど、どこにもありはしない。

この先、こんなことにも慣れていかねばならないのだとしたら、争いのない平和な世界を夢想する、反乱軍の人々の気持ちも分かるような気がした。それが、たとえ夢物語だとしてもだ。だが、同時にそれが受け入れられないこともはっきりと分かった。力がなければ、大切な人たちを守ることすらできないのだから。

「お義兄さまぁ！」

「お、おっと！」

突然、涙で顔をぐちゃぐちゃにしたミュリエが飛びついてきて、僕は慌てて彼女の身体を受け止める。彼女の駆けてきたその向こう側には、無表情ながらも瞳にやさしい光を宿したロジーさんと、泣き出しそうな顔で俯く、エルフリーデの姿があった。

「遅くなって……ごめんなさい」

「大丈夫です。坊ちゃまが『信じて』と仰って、私はそれを信じただけですので」

僕は精一杯の微笑みを浮かべながら頷いて、次に床の上に横たわったままの姫さまの方へと歩み寄る。気を失ってはいるが、幸いにも姫さまに外傷は見当たらない。

念のために、『生命の大樹《レーベンバウム》』を発動させると、姫さまはゆっくりと瞼を開いた。

「う、ぅうん……リンツ？」

「はい、もう大丈夫です、姫さま」

ぼんやりとした表情の姫さまに、僕は静かに微笑みかける。彼女はゆっくりと左右へと視線を向けたあと、思い出したかのように目を見開き、そして——

「うっ、うっ、うえぇぇえ————ん」

そのまま僕の首筋にしがみ付いて、大声を上げて泣き始めた。

「ひ、姫さま!?」

いつも気丈な姫さまが、子供みたいに泣き出したことに驚いて、僕はそのまま固まった。

正直、どうしてよいのか分からなかったのだ。

◆◇◆◇◆

「落ち着きましたか？」

「……ええ、恥ずかしい姿を見せてしまいました。お許しください」

目の周りと鼻先が、多少赤いままではあったけれど、姫さまはいつもの凛とした佇まいを取り戻していた。

「じゃあ、みんな、僕から離れないでください」

「はい、坊ちゃま」

皆を見回して頷き合うと、僕らは中庭に向かって走り始める。

恩寵《ギフト》が再び使えるようになったのだ。もはや逃げ回る必要はない。

反撃開始。まずは城壁の上の魔導甲冑《アルミュール》を倒して、マグダレナさんを救いだし、それから、他の魔導甲冑《アルミュール》を全滅させる。そう決めて中庭に飛び出すと、ちょうど、マグダレナさんたちが城壁の上から、石段を下りてくるところだった。

「マグダレナさん！」

「次代の王！　それにディートリンデも！　よくぞ、ご無事で！」

「魔導甲冑《アルミュール》は？　もしかして、倒したんですか？」

マグダレナさんは、眉根を寄せて首を振る。

「それが……あの甲冑は急に城壁から飛び降りて、撤退していったのです」

「撤退？」

僕が首を傾げると、ロジーさんが話に割り込んできた。

「再び恩寵《ギフト》を使えるようになったことに気付いたのでは？」

「そうなのですか⁉」

どうやらマグダレナさんは、恩寵《ギフト》を使えるようになったことに、気付いていなかったらしい。

「ええ、実はレナさんとティモさんのお陰で……」

僕がそう言いかけた途端、突然、視界が白く灼《や》けつく。宙空から眩いばかりの光が降り注いで、僕らの姿を照らし出した。

「きゃっ！」

「な、なんです⁉」

「坊ちゃま！　あれを！」

眩《まぶ》しさに目を細めながら、ロジーさんの指さす先に目を向けると、宙空に描き出されたままの複雑な図形。その中央から眩い光を放つ球体が、ゆっくりと落ちてくるのが見えた。

「太陽みたい……」

ミュリエが呆然と呟いて、僕の服の裾をギュッと握る。それと同時に、『ザザッ！』と、耳の奥でノイズが走って、ティモさんの切羽詰まった声が聞こえてきた。

「あいつら！　無茶しやがる。リンちゃん！　そいつは魔術で造った人工太陽だ。そいつが暴走したら、城砦……いや、その辺一体、跡形もなく吹っ飛んじまうぞ！」

◆◇◆◇◆

サラバンドの狭い操縦席で、ボクはモニター越しに人工太陽を眺めていた。灼熱に燃え盛るそれは、あと一分と経たずに臨界を迎えることだろう。

この辺りでも、多少は爆風が届くだろうけど、魔導甲冑《アルミュール》の中にいれば、まず大丈夫。そのうえ、ボクの専用機サラバンドは重装甲型の魔導甲冑《アルミュール》なのだ。流石に無傷とは言わないまでも、人工太陽が真上で暴発したって生き残れるはずだ。

ボクらの周囲には、城砦を襲わせたヘクトールたちも戻ってきている。

全部で八体。四体もやられたという事実には、正直驚かざるを得ないし、東クロイデルに戻ったあと、女王陛下にどう申し開きをするかと考えれば頭も痛い。だが、それ以上に……。

「まさか、魔力増幅装置《アンプリフィキャヤタ》を破壊されちゃうとはね……」

「魔術に詳しい者でもいたのでしょうか？」

独り言のつもりだったのだけれど、ボクが洩らした呟きを、後部座席で計器類をチェックしていたコゼットが拾い上げる。

「全く……最後の最後で計算違いも甚《はなは》だしいね。正直、ちょっと自信を失ったよ。姫さまも捕獲できなかったし……」

「そうですね」

……いや、だからさ。ちょっとは労《いた》わってほしいんだけど？　どうやったら「そうですね」の五文字に「ばーか！　ばーか！」みたいなニュアンスを乗せられんの？

「姫さまごと焼き払ったら、流石に女王陛下のお叱りを受けるだろうけど、仕方ないよね。どう考えても、彼らをこのまま放置しておく方がマズい。きっと、我が国にとっても脅威になるだろうから。うん、仕方ない。仕方ない」

ボクが腕組みしてうんうん頷くと、背後のコゼットが口を開いた。

「……あの少年がそこまで許せませんか？」

「まあ、否定はしない」

「ラッツエル男爵はともかく、彼についてはただの逆恨みだと思いますけど？」

「……容赦ないね」

「これほどの無茶をすれば、左遷されかねません」

「うん、まあ仕方ないよね。その時はコゼット、キミも一緒に来てくれるかい？」

操縦席に静寂が訪れる。そして、背後から吐息のような笑い声が微かに聞こえてきた。

「レオン・マルスラン宰相閣下……。いえ、レオン坊ちゃま。共にラッツエル領を出たあの日から、コゼットは何も変わっておりません」

◆◇◆◇◆

誰もが言葉を失ったまま、宙空に現れた燃え盛る光球を、ただ呆然と見上げていた。

ティモさんの声が聞こえたのは僕だけ。つまり今、この場が火にかけられる直前の鍋の中みたいなものだと知っているのは、僕だけなのだ。

――逃げろ。僕は、そう叫びかけて思いとどまる。

叫んだところで、一体、どこへ逃げればよいというのだろう。ただ混乱を誘うだけでしかない。ティモさんの言う通りなら、逃げ場などどこにもありはしないのだ。

ならば、この状況で僕に何ができる？　僕の手札は『神の恩寵《ギフト》』。それをどう使いこなせば、この状況を変えられる？

いくら手を伸ばそうともあの光球には届かない。何か飛べる生物を生み出して、光球を破壊させる？　ダメだ。わずかな衝撃でも与えれば、あの光球は途端に爆発してしまうことだろう。

僕が独り懊悩《おうのう》している間にも、光球は心臓のように拍動《はくどう》を繰り返しながら膨れ上がっていく。

視界の隅で、積み上げられた石の隙間から這い出た虫たちが、群れをなして慌てるように城壁を乗り越えていくのが見えた。どうやら人間よりも彼らの方が、鋭敏にこの危機を感じ取っているらしい。

だがその瞬間、僕の脳裏をとんでもない思い付きが過った。

そんなことができるのか？　できるかもしれない。いや、やるしかない。恩寵《ギフト》の力を限界まで使い切れば、頓死してしまうことだってあり得る。エルフリーデはそう言っていた。だが、もはやこれしか道は残されていない。

僕は周囲を見渡して、声を限りに叫んだ。

「みんな伏せて！　なんでもいいから掴まってください！」

突然叫び始めた僕の方へと目を向けて、誰もが戸惑うような顔をした。

「かしこまりました！」

だが、いち早くロジーさんがその場に身を伏せると、皆も顔を見合わせながら、次々にその場に身を伏せていく。僕も同様に身を伏せると、石畳へと指を這わせて『神の恩寵《ギフト》』を発動させた。

「神の力を見せてみろ！　『生命の大樹《レーベンバウム》』！」

思い浮かべるのは、石畳から根を伸ばし、それを城砦全体にまで広げていくイメージ。蔓延《はびこ》った根は血管へと変わり、血液が心臓へと流れ込んで規則正しく鼓動し始める。

途端に、グラグラと大地が揺れ出した。

城砦そのものの軋む音が響いて、砂礫《されき》が宙を舞う。そして突然、大地の底から突き上げるような振動が、僕らの身体を跳ね上げた。

「きゃああ――――！」

「うわっ！　な、なんだ！　地震か!?」

あちらこちらから上った悲鳴と戸惑いの声が、城壁にぶつかって木霊《こだま》する。

「坊ちゃま！」

ロジーさんが僕の身を庇うように、必死に上へと覆いかぶさってきた。

その瞬間、城砦そのものがグラリと傾いて、城門とは逆の方向、荒野に面した一角が勢いよく跳ね上がる。そして、
キシャァアアアアア――――――――――――――――――ッ！

と、巨大な咆哮が響き渡った。

◆◇◆◇◆

俺とレナちゃんは城砦の真上で膨れ上がっていく光球から、少しでも遠くへ離れようと、必

死に馬を走らせていた。

アレはシャレにならない。連中の指揮を執っているヤツは、絶対どうかしてる。過去にアレを見たのは一度だけ。俺がまだ、東クロイデルの王立学院《アカデミー》で駆け出しの研究員をやってた頃の話だ。

そもそも、あの『人工太陽』は、十年ほど前の魔導実験の際に、偶然産み出されたものだ。その時は確か、小指の先ほどの大きさのモノだったはずだが、それでも研究棟は全壊。多くの死傷者を出した。もちろん当時の責任者はクビになって、学院は以降の研究を禁じ、資料は全て破棄されたと聞いている。

だというのに転移魔法陣を通じて現れたのは、まさにあの時の輝き。臨界寸前の人工太陽に間違いなかった。それも、以前とは比べ物にならない大きさだ。あんなものが暴走したが最後、あとには何も残らない。

それをレナちゃんに話したら、彼女は律儀にも城砦の方へ戻ろうとした。

バカげてる。冗談じゃない。俺らが戻ったところで死体が二つ増えるだけ……いや死体も残らない。焼け焦《こ》げた塵《ちり》の体積が、わずかに増えるだけだ。

だから、俺は彼女を説得した。

詐欺師たる俺にしてみれば、本気になれば彼女を説得することなどわけもない。なにせ、彼女は剣士だ。詐欺師にとっては一番与《くみ》しやすい、単純な連中の一人なのだ。

剣士を騙すには、剣士の美学に触れる言葉を使ってやれば、それでいい。

「俺たちが死んだら、誰があいつらの骨を拾うんだ？」

これでいい。これだけでいいのだ。

彼女は血が滲むほどに唇を噛みしめながらも、一目散に荒野の方へと馬を走らせ始めた。

俺は彼女の背に掴まりながら、背後を振り返る。

光球がその眩い光で、城砦の影を色濃く大地に焼き付けているのが見えた。

もはや臨界寸前。俺たちだって、衝撃波の届く範囲から逃れられるかどうかの瀬戸際だ。

「リンちゃん……悪く思うなよ」

ちょっとした感傷混じりにそう呟いた途端、俺は思わず目を見開いた。

「な、なんだぁ!?」

激しい地鳴りと共に、視界の中で城砦そのものが浮き上がった。いや、浮き上がったように見えた。

目を凝らして見てみれば、立ち昇る土煙の向こう側。城砦の土台の下から、甲殻類のような、節の付いた足が無数に生えて、蠢《うごめ》いている。

「ええええええっ!?」

俺が声を上げたのと同時に、城砦は、まるで嘶《いなな》く悍馬のように、数十本もの前足を高く持ち上げて、

キシャァアアアアア――――――ッ！

と、巨大な咆哮を上げる。そして、無数の脚を蠢かせて、恐ろしい勢いで走り始めたのだ。

◆◇◆◇◆

激しい振動と共に、城砦そのものが疾駆《しっく》し始め、宙空に浮かぶ光球が、徐々に遠ざかって行く。

「じ、次代の王！　何です、これは！　何をしたのです！」

「あとにしてください！」

顔を引き攣らせながら問い掛けてくるマグダレナさん。だが僕の方には、丁寧にそれに答えている余裕なんてない。

やはり、これは規模が大きすぎるのだ。まるで真綿が水を吸うように、僕の力が城砦に吸い上げられていく。全く終わりが見えない。

生命を与えられた城砦は、砂煙を上げて疾走し、光球がどんどん遠ざかっていく。すぐに城

壁の陰に隠れて、僕のいる位置からは光球の姿が見えなくなった。

もはや、光球に照らしだされる昏い空と、空に描かれた複雑な文様の端がわずかに見えるだけだ。ずいぶんと遠ざかったはずだけど、それでもまだ安心はできない。

「もっと、もっと遠くへ！」

キシャァアアアア――――――――ッ！

僕が声を限りに叫ぶと、それに応えるように、城砦が再び咆哮を上げる。

途端に振動は激しさを増し、一気に速度が上がった。だが、それと時を同じくして、

――光球が臨界を突破した。


世界が白い光に包まれて、周囲から音が消える。

水を打ったような静寂。

だが次の瞬間、耳を劈《つんざ》くような大音響と共に、視界に色彩が戻ってきた。

爆発した。――そう認識したのは、何秒かあとのこと。音が物理的な衝撃になって、城砦全体を激しく叩き、城砦の後部がなすすべもなく宙へと浮き上がる。

キャアアアアンァアアアアアアアアアア！

つんのめるような形になった城砦は、奇妙な悲鳴を上げながら、前方の脚で地面を掴み、大きく前へと傾いたその上では、口々に悲鳴を上げながら、兵士たちが前方へと転がっていく。

衝撃波に晒《さら》された最後尾の城壁が弾け飛び、崩れ落ちた石のブロックが紙のように舞い上がる。悲鳴と共に幾人もの兵士たちが宙空へと投げ出され、どこかへ弾き飛ばされていくのが見えた。

顔を叩く砂塵に目を細めながら皆の方を覗き見ると、『石化《フェアキーゼルング》』の恩寵《ギフト》で、自分の手足を石畳に固定しているミュリエの姿。そして、そんな彼女の身体に掴まった、姫さまとエルフリーデが、その身を宙に泳がせているのが見えた。

だが、衝撃波が収まるのと同時に、今度は宙へと浮き上がっていた城砦の後部が、一気に地面に叩きつけられる。

襲い掛かってくる激しい衝撃に突き上げられて、内臓が悲鳴を上げた。

そして城砦は、釣り合う間際の天秤のように前後を上下させて跳ね回った末に、徐々に動きを緩めていく。

やがて振動が止むと、高く立ち昇った土煙が砂礫となって、パラパラと僕らの上へと降り注いだ。

——助かった……のか？

僕は、静かに顔を上げる。

「み……みんなは？」

「無事……なようです。坊ちゃま」

僕の上に覆いかぶさったままのロジーさんが耳元で、そう囁いた。

顔を上げて見回してみれば、最初に僕のすぐ傍でマグダレナさんが、ゆっくりと身を起こすのが見えた。姫さまもミュリエもエルフリーデも、砂塗《すなまみ》れになって、肩で息をしてはいるけれど、大きな怪我はなさそうだ。

だが、背後を振り返ってみれば、被害は甚大。最後尾の城壁は吹っ飛んで跡形もない。兵士たちの中には助からなかった者もいるはずだ。苦しげな呻き声や、仲間の名を必死に呼ぶ声がいくつも聞こえてきて、胸が締め付けられるような気がした。

そして、崩れ落ちた城壁の向こう側へと目を向ければ、そこに広がる風景は更にひどい。

広範囲に亘《わた》って地面が抉れ、まるで深皿のようになっている。高熱に溶けた石が、真っ赤に灼熱して、至る所から黒い煙が立ち上っているのが見えた。

あのまま光球の下にいたならば、僕らは今頃、塵となって風に舞っていたのかもしれない。

そう考えた途端、僕の背中を冷たい汗が滑り落ちた。

目を凝らして見てみれば、大きく抉れた大地の向こうに、いくつもの巨大な影が立ち並んでいる。城砦を襲った魔導甲冑《アルミュール》たちだ。

だが、彼らがこちらに向かってくる気配はない。

彼らもまた、呆気に取られているのかもしれない。

もし本当にそうなら、逃亡する僕らにとっては好都合なのだけれど。

「でも、くやしいな……」

思わず口をついて出たのは、そんな言葉。

僕らしくないのかもしれないけれど、これは本音だ。

なんとか凌ぎはしたが、これが戦争だとすれば完敗と言わざるを得ない。大事な人たちを傷つけられたのに、それに見合うだけの報《むく》いを受けさせることもできていない。

だが、僕ももう限界。意識を繋ぎ止めるのが精一杯という有様だ。

すると、僕の上に覆いかぶさっていたロジーさんが静かに身を起こして、意外そうに僕の顔を覗き込んだ。

「坊ちゃま……くやしいのですか？」

「……そうだね」

彼女にしてみれば、本当に意外だったのかもしれない。

下男に落とされた時でさえ、僕は何一つ抗うことはなかったのだから。

ロジーさんは小さく頷くと、背後に向かって声を上げた。

「エルフリーデ！　こちらに来て、坊ちゃまのお世話を」

「は、はい！」

ロジーさんが立ち上がるのと入れ替わりに、エルフリーデが僕の傍に座る。そして、彼女は僕の頭をその膝の上に乗せた。正直、エルフリーデに膝枕をされるのは、居心地が悪すぎる気がしたけれど、抗おうにも僕は疲れ過ぎていた。

「坊っちゃまがくやしいと仰るならば、その想いに応えるのは、この私、ロジーの務めでございます」

ロジーさんはそう言って、崩れた城壁の遥か向こうに立ち並ぶ魔導甲冑《アルミュール》を見据えて、目を細める。

「坊ちゃま。夜会の日、私は自身の恩寵《ギフト》が変化したことを知って、思わず身震いいたしました。それは上位等級の恩寵《ギフト》を手にしたからではありません」

こちらに背を向けたまま、ロジーさんが右腕を空へと掲げる。

「坊ちゃまが『神の恩寵《ギフト》』を手に入れられた今、この私の恩寵《ギフト》が、まさに生涯を坊ちゃまに捧げよという、神のご意志に違いない。そう思えたからでございます」

そして、彼女は、恩寵《ギフト》を発動させた。

――『神の右腕《レヒトアルム》』！


右手を高く掲げるロジーさん。彼女の声が、高らかに響き渡る。

ゴクリ。知らず知らずのうちに、僕は喉を鳴らしていた。

夕闇の空。そこに巨大な蒼い光の環《わ》が浮かび上がり、紫電が周囲で明滅する。

息を呑んでそれを見守っていると、突然、地軸を揺らすような轟音が響いて、激しい光が世界を白く染めた。

「きゃっ！」

その途端、エルフリーデは盛大に身体を跳ねさせると、悲鳴と共に、膝にのせていた僕の頭を抱きかかえて蹲《うずくま》った。

「いやぁあああ！　お義兄さまぁ！　雷やだぁぁぁ！」

「まっ、お、おちつ……むぎゅっ⁉」

取り乱すエルフリーデ。むにゅんと柔らかい感触が僕の顔全体を覆って、声を上げる間もなく、視界を塞がれる。

あれ？　コイツ、こんなに大きかったっけ？

……などと言っている場合ではない。

息ができない！　これ、ダメなやつだ！　死ぬ！　元義妹に殺される！

僕は必死にエルフリーデの背中を叩いた。だが彼女に力を緩める気配はない。

決して、彼女の力が強いというわけではないのだけれど、僕はあまりにも弱りすぎていた。

信じがたいほど巨大な稲妻が大地を打ちつける轟音、耳元で太鼓を打ち鳴らすような凄まじい音が響き渡り、ガタガタと城砦そのものが揺れる。

その振動を背中で感じながら、僕は為す術もなく意識を手放した。

7章　自由に歩いて、自由に恋して

僕は静かに瞼《まぶた》を開いた。

意識が朦朧《もうろう》としている。起き抜けの霞がかった視界に映ったのは、カンテラの灯りに照らし出された見覚えのない天井。

自分が何をしていたのか？　なんでこんな所にいるのか？

すぐには思い出せなくて、考えながら再び目を閉じる。

ぼんやりと思いを巡らせている内に、右手を空へと掲げるロジーさんの姿が脳裏を過った。

そうだ！　ロジーさんが恩寵《ギフト》を使ったところで、僕はエルフリーデに窒息させられたのだ。

確かに彼女は雷が苦手だった。それは事実だ。わざとではない。そう思いたいのだけれども、相手がエルフリーデだと思うと、途端に疑わしい気がしてくる。実は、彼女はまだ僕のことを嫌っているのではないか？　そう思えてくるのだ。

……考え過ぎだろうか？　うん、まあ、とにかく死ななくてよかった。

『元義妹のおっぱいで窒息死』という死因は、流石に一人の人間として取り返しがつかない。

ましてや、恩寵《ギフト》が反転する前のエルフリーデなら、嬉々として墓石に刻むぐらいのことはやりかねない。

『義妹のおっぱいで死んだ男、ここに眠る』

そう書かれた墓石を想像して、僕は思わず身震いした。

あらためて目を閉じると、背中に微かな振動を感じる。

どうやらこの城砦は、僕が意識を失ったあとも問題なく走り続けているらしい。

それはすなわち、あのあと、追撃を受けることはなかった。そういうことなのだろう。

結局、ロジーさんの恩寵《ギフト》がどんなものだったのかは、よく分からなかったけれど……。

「お目覚めですか？　リンツ」

「姫さま？」

声のした方へと顔を向けると、姫さまがベッドの脇に座って微笑んでいた。姫さまの背後にはロジーさんとマグダレナさんの姿もある。

「僕は、どのくらい眠っていたんですか？」

「ほぼ一晩というところでしょうか、そろそろ夜が明ける頃です」

「そう……ですか」

「坊ちゃま、お体の具合はいかがですか？」

ロジーさんがベッドの傍に歩み寄ってきて、いつも通りの無表情のままに、僕の顔を覗き込んでくる。たとえ表情に表れなくとも、僕には彼女がとても心配してくれていることが分かった。

「大丈夫です。心配かけてごめんなさい」

そう言いながら、僕はベッドの上で身を起こす。身体は鉛《なまり》みたいに重いけれど、動けないというほどではない。

「あの……あれから、どうなったんですか？」

「大丈夫です。リンツとロジーが頑張ってくれたお陰で、追っ手を撃退することが出来ました」

「それは……よかった」

ホッと安堵の息を吐くと、姫さまがニコリと微笑む。そんな姫さまの背後で、マグダレナさんが口を開いた。

「お身体に問題がないということであれば、早速、お願いしたいことがございます。我が王」

――我が王？

「せ、先生、リンツはまだ目覚めたばかりです。そんな性急な……」

「ディートリンデ、我が王のことを案じているのは、なにも貴女だけではありません。できるだけ早く無事なお姿を見せていただかなくては、皆も心が休まることはないでしょう。民草の心の安寧を図るのも王の大切な務めなのです」

「ちょ、ちょっと待ってください、マグダレナさん。皆って一体、誰のことを……？」

「何を仰っているのです、我が王。皆は皆です。この城砦に住まう者全員です。あれだけの力をお示しになったのですから、今や兵たちは皆、あなたのことを『地上に降りられた神』なのだと信じております」

「は？」

「まあ、私がそう喧伝《けんでん》したのですけれど」

――なんてことすんだ、アンタ!?

僕が唖然《あぜん》としていると、彼女は僕の鼻先に、グイッと顔を突きつけてきた。

「我が王、あなたには、王として新たな国をお造りいただきます」

「ちょ、ちょっと待ってください。あ、あの、姫さまとの婚姻の話なら、もっとよく考えて……」

「ディートリンデとの婚姻など、この際どうでもよいのです」

「どうでもよくなんてありません！」

マグダレナさんのとんでもない発言に、姫さまがたまらず声を上げた。

「コホン……失礼。確かにどうでもよくはありませんね。実際、我が王、あなたがディートリンデを娶ってくだされば、いろいろなことが丸く収まるのですけれど、むしろ、そちらは慎重に進めるべきだと思っております。しっかりしているように見えても、ディートリンデは一国の姫。温室育ちの箱入り娘なのです。同世代の男性と言葉を交わしたのは、おそらく我が王、あなたが初めてなのでしょう。親鳥を初めて目にした雛鳥《ひなどり》のようなものと言えば、お分かりいただけますか？　ですから私は、もっと慎重に、彼女自身の想いを確認させるべきだと、今は……そう考えております」

「それは……僕も仰る通りだと思います」

「そんな、リンツ！　私はすぐにでも……！」

姫さまは、慌てて椅子から立ち上がる。だが、そんな彼女の肩に手を置いて、マグダレナさんは諭すように言った。

「何を焦っているのです、ディートリンデ。今のアナタが、我が王との婚姻を望むのは、打算ではないと言い切れるのですか？」

「そ、それは……打算などではないと……そう思っておりますけれど」

「一国の姫としてではなく、一人の女性として、自分の気持ちをちゃんと確かめてからでも、何も遅くはありませんよ？」

「わ、私はリンツに娶っていただきたいと、本当にそう思っております！」

「そうですか。ならば、娶りたいと思ってもらえるように努めなさい。あなたと我が王が、本当に互いを求めあうのであれば、私も心から祝福いたしましょう」

「ですが、こうしている間にも、我が国は東に蝕《むしば》まれようとしているのです！」

「だからこそ、あなたとの婚姻などどうでもよいと、そう言っているのです。私も最初は中央クロイデルの新たな王として、我が王を擁立する。そのためにはあなたと我が王の婚姻は必要な過程だと、そう考えておりました。たとえ思い違いであったとしても、あなたが我が王を好ましく思っているのであれば尚のことよいと、そう考えておったのです。ですが、我が王には王たる力があります。なにも中央クロイデルの、古き王権を引き継ぐ必要などないのです」

「え？　……先生、そ、それは、どういう……」

「あなたは中央の民草を救いたいのでしょう？」

「当然です。そのために私はここまできたのです！」

「ならば、聞きなさい。我が王に新たな国を興していただき、東と西を相手に中央を取り囲む、三つ巴のパワーゲームに持ち込んでいただく。中央クロイデルの民草を救う手段としては、それが……誰にとっても最善だと、そう申しております」

「……互いに牽制《けんせい》しあう状態に持ち込む、ということですね？」

「ずいぶん大雑把ではありますけれど、そういうことです、我が王。無論、婚姻の必要性はなくとも、ディートリンデの役割がなくなったわけではありません。東と西、それに対抗するには、我々も相応の国力を持つ必要があります」

「国力ですか？」

「ええ、軍事力ならば、上位の恩寵所持者《ギフトホルダー》が三名いるというだけでも伍《ご》するのでしょうが、それだけでは国として成立いたしません。必要なのは国民です。幸いというと、ずいぶん語弊《ごへい》があるのでしょうが、中央には、今回の反乱で行き場を失った者も多いでしょう。婚姻という形を取らなくとも、中央クロイデルの正統後継者であるディートリンデを、『神の恩寵《ギフト》』を持つあなたが保護して、新たな国を興《おこ》したとなれば、こちらへ移ってくるものも少なくはないはずです」

ちらりと姫さまの方を盗み見ると、無言で俯いたまま唇を噛んでいる。聡明な彼女にはマグダレナさんが言わんとしていることが、理解できてしまったのだろう。

僕にも、マグダレナさんの言わんとしていることはよく分かる。

だが、それはあまりにも冷徹に過ぎるように思えた。姫さまの存在は、国民を集めるための偶像でしかないのだと、そう言っているようなものだ。

そんな言い方はないいんじゃないですか！　僕は、そう口にしかけて……やめた。

マグダレナさんが、とてもやさしい目で姫さまを見ていたからだ。

「ディートリンデ……あなたは、やっと一国の姫という縛《いまし》めから解き放たれたのです。これからは、自分の足で自由に歩いて、自由に恋しなさい。もう一度言います。それで、もしあなたと我が王が、本当に互いを求めあうのであれば、私も心から祝福いたしましょう」

先ほど、マグダレナさんは『誰にとっても最善』、そう言っていた。その中には、もちろん姫さまも含まれている。そういうことなのだろう。

姫さまは無言で俯いたまま。でも、たぶん、ちゃんと伝わっているのだと思う。姫さまはとても聡明な方だから、少し……時間が必要なだけなのだ。

僕が思わず口元を緩めたのとほぼ同時に、ロジーさんが口を開いた。

「それでは、ひとしきりお話も済んだようですので、坊ちゃま、お着換えください」

そう言って、彼女が僕の方へと差し出してきたのは、今まで来ていた野良着とは似ても似つかない、金糸に彩られた絹のローブ。

「は？　え？」

そして、戸惑う僕を見据えて、ロジーさんはこう言った。

「王さまが野良着を着ているようでは、皆さまもがっかりしてしまいます」

いつのまにやら、ロジーさんとマグダレナさんの間では、話がついていたらしい。

エピローグ　建国宣言

　僕らが部屋を出ると、そこは中庭に面した二階の廊下。朝陽に照らされる窓の外、崩れ落ちた城壁の向こうに、赤土の荒野が果てしなく広がっているのが見えた。

「もう、ずいぶん南の方まで来ているみたいですね」

　僕がそう問いかけると、マグダレナさんが静かに頷いた。

「ええ、成り行きではありますけれど、それも好都合です。簡単には攻めて来られないぐらい距離をとれば、当面は国力の充実に時間を割くことができます。幸い、過去に送った調査団の報告によれば、荒野の南側に大きな湖があることが分かっておりますので、まずはそこに王都を拓《ひら》くことからはじめましょう」

　窓から下を見回せば、昨日の戦闘を思い起こさせる、荒れ果てた中庭。そこで多くの兵士たちが車座になって話に興じている。

　どうやらティモさんたちも合流できたらしい。兵士たちの輪の一つに、彼の姿が見えた。

「リンちゃんとは親友同士だからな。今回だって俺が！　いいか、この俺が！　身を挺《てい》して、恩寵《ギフト》を阻害してた魔導装置をぶっ壊してやったんだぜ！」

「流石、ティモの兄さん！　パネェっス！」

そんなやり取りが聞こえてきて、僕は思わず苦笑する。

すぐ隣のロジーさんは、害虫を見るような目で彼の姿を眺めていた。

とはいえ、親友かどうかはともかくとして、彼に助けられたのは間違いない事実だ。

僕には、彼がレナさんが言うほど悪い人だとは思えなかった。

中庭の隅の方へと目を向ければ、野戦病院さながらに、負傷兵たちが敷かれた白布の上に横たわっている。そこでは、衛生兵と思われる男女に混じって、ミュリエとレナさん、それにエルフリーデまでもが、甲斐甲斐しく看護にあたっているのが見えた。

エルフリーデが恩寵《ギフト》を持たない兵士を看護？　あのエルフリーデが？

それは正直、目を疑う光景であった。

彼女は彼女なりに、変わろうとしているのかもしれない。

「それでは、我が王。この城砦の兵士たちは、あなたの国の最初の民。元気なお姿をお見せになって、安心させてやってください」

「はぁ……」

マグダレナさんに促されて、僕はついつい気乗りのしない返事をしてしまう。

流されるままに、王さまということになってしまっているけれど、本当に、僕に王さまなんて務まるのだろうか？

浮かない顔をする僕をよそに、彼女は中庭に向かって声を張り上げた。

「注目！　我らの王がお出でになりました！」

途端に、兵士たちが立ち上がって、一斉に歓声を上げる。

「皆さんもご存じのとおり、陛下は地上に、我々の下に降り立たれた神です。そして、我々を導いてくださる王でもあります。あなたたちはその栄光ある最初の民となるのです！」

――待て待て！　この人、どんだけハードルを上げれば気が済むんだ。

「そして、我が王は、今！　ここに！　神聖クロイデル王国の建国を宣言されました！」

――してないよ⁉　そんな国名、今、初めて聞いたよ⁉

とんでもない早さで、外堀が埋められていく。

そして、マグダレナさんは歓声を上げる兵士たちを満足げに見回したあと、僕の方へと向き直って、ニコリと微笑んだ。

「それでは我が王、皆に、何か一言お言葉を」

――なに、その無茶ぶり⁉

中庭の方へ目を向けると、兵士たちが期待に満ちた目で、真っすぐに僕の方を見ている。

思わずたじろぐ僕に、ロジーさんがそっと耳打ちした。

「坊ちゃま、取り繕う必要などありません。坊ちゃまご自身の言葉でよいのです」

……そうだ。

「あの、その……」

真剣な表情で、僕の言葉を待ってくれている人たち。だが、僕が言えることなど、たった一つしかない。

「……頑張ります」

みんなにしてみれば、拍子抜けかもしれないけれど、僕らは自分のできることを、自分が正しいと信じたことを頑張ってやっていくしかない。僕に言えることなど、それしかないのだ。

「ははっ、恰好はつかねぇが、まあ、リンツらしいわな」

兵士たちの間に漂った戸惑うような空気を振り払うように、レナさんが大きな音を立てて拍手してくれた。それは次第に兵士たちの間に広がって、中庭が拍手で満ちる。

かくして、荒野のど真ん中、走る城砦の上。

万来の拍手の中で、僕らの国が今、産声《うぶごえ》を上げた。

あとがき

先日、寝起きのぼーっとした頭で、『はんてんのそうぞーしゅ』と、作品のタイトルを打ち込んで顔を上げたら、モニター上の文字が『はんぺんの醸造酒』になっていて、「なんでやねん！」と独り画面にツッコんだ今日この頃。

皆さま、お変わりございませんか？　まいどおなじみ、円城寺正市でございます。

さて、唐突ですが、打ち間違いというのはよくあることで。

この間も『飛び散る血。鋼《はがね》、鋼、鋼。見渡す限りの鋼の森』と、敵に囲まれた絶望的な風景を描いたつもりで読み直してみると、『飛び散る血。鼻毛、鼻毛、鼻毛。見渡す限りの鼻毛の盛《も》り』と、全く違う意味で絶望的な風景を描き出しておりました。

……腹抱えて笑いました。日曜日の早朝四時のことです。

ですので、この作品のタイトルが実は打ち間違いで、本当は『半纏《はんてん》の創造主』だったり『飯店の創造主』だったり『海老天の創造主』だったりしても、何もおかしなことではない訳です。

無論、これは「いやいや、おかしいやろ！」というツッコみ待ちのコメントな訳ですが、それはともかく打ち間違い、言い間違い、聞き間違いというのは、ある種、偶発的な出会いな訳で。しばしば素敵な笑いを提供してくれます。間違いが必ずしも悪いわけではありません。

さて、それでは謝辞に移りたいと思います。まずは担当様はじめ、ツギクル株式会社の皆様、イラストをご担当いただいた蓮禾先生、デザインをご担当いただいたアフターグロウ様、ご尽力本当にありがとうございました。

尊敬する師匠わかつきひかる先生。仲良くしてくださる諸先生方。とりわけ、この物語を書く切っ掛けをつくってくれたうっちー先生。そして最愛の家族、親族、友人、応援してくださる書店の皆様、ＷＥＢ版をお読みいただき応援してくださった皆様、そしてなによりこの作品を手に取ってくださったあなたに、心より厚く御礼申し上げます。

最近は、ライトノベルの新刊も、毎月たくさん店頭に並びます。

もし、ほかの作品と勘違いして、この作品を購入されたという方でも『良い間違い』だったと思っていただけるような作品になっていることを祈りながら、一旦、筆を置きたいと思います。

本当にありがとうございました。

２０１９年３月　円城寺正市

アラフォー男の
異世界
通販生活
1～3
おっさんあるある満載の
異世界ファンタジー
著／朝倉一二三
イラスト／やまかわ
超ネット通販チートでポチッとな！
コミカライズ決定
異世界に転移したアラフォー独身男のケンイチ。
突然のことに戸惑いながらもステータスを確認すると、
そこにはネット通販チートの能力が。
買い取り機能を利用して、異世界の物を換金し、
その金で現代日本の商品を購入。市場で売り始めると、
たちまち人気商品になり、商売は大繁盛！
このまま店を大きくしていくこともできたが、
ケンイチの目的はあくまでも異世界生活を
満喫すること。気のいい獣人やモフモフの
森猫なども登場して、ケンイチの異世界生活は
騒がしくなっていく――。
本体価格1,200円＋税
ISBN978-4-7973-9648-5
ツギクルブックス
https://books.tugikuru.jp/

リオンクール戦記 1~2
第6回ネット小説大賞受賞作
異世界転生
戦記
内政
中世ヨーロッパ
著／小倉ひろあき
イラスト／toi8
田中タダシ(41)
異世界に転生して
中世ヨーロッパ風なんてキツすぎる!
平凡な人生を歩んだサラリーマン田中タダシ。
病気により41才という短い人生を終えたはずが、
気付けば中世ヨーロッパ風の世界に立っていた。
リアルな中世は暖炉もなく、食事は手づかみ、
挙句の果てには都市で豚を放し飼い……。
国同士の殺し合いも日常茶飯事。
田中タダシは、この厳しい世界で
「バリアン・ド・リオンクール」として
第二の人生を歩む。
平凡なサラリーマンは、
果たしてこの厳しい世界で生き残れるのか？
田中＝バリアンのサクセスストーリー、いま開幕！
本体価格1,200円＋税　ISBN978-4-7973-9777-2

ゲーム　魔王　冒険　アクション

その冒険者、取り扱い注意。

～正体は無敵の下僕たちを統べる異世界最強の魔導王～

著／Sin Guilty
イラスト／M.B

第6回
ネット小説大賞
受賞作

全世界に告ぐ！
こいつの正体はヤバすぎる!!!

ハマり続けてすでに100周回プレイしたゲーム『T.O.T』。
100度目の「世界再起動」をかけた時、
主人公は『黒の王』としてゲームの世界に転移した。
『黒の王』としても存在しつつも、このゲーム世界をより愉しみたいと思った
主人公は、分身体として冒険者ヒイロとなる。
普通の冒険者暮らしを続ける裏で、『黒の王』として無敵の配下と
居城『天空城』を率い、本来はあり得ないはずだった
己の望む未来を切り拓いていくヒイロ。

黒の王の分身体であるヒイロの最強冒険者への旅が、いま始まる！

本体価格1,200円＋税　ISBN978-4-8156-0057-0

ツギクルブックス　https://books.tugikuru.jp/

弱小貴族の異世界奮闘記
～うちの領地が大貴族に囲まれてて大変なんです！～
1～2
異世界に転生した弱小貴族が度胸と知略で生き残りを図るドタバタコメディ
著／kitatu
イラスト／阿倍野ちゃこ
周りを見れば大貴族だらけ
これって既に詰んでませんか？
異世界の弱小貴族の三男に転生したクリスは、
辺境の地でのんびりスローライフを送るつもりが、
兄の家督放棄により突如、領主となってしまう。
周囲を見渡せば、強力な大貴族ばかり。
襲いかかるさまざまなトラブルを無事に乗り越えられるのか!?
異世界に転生した弱小貴族の奮闘記が、いま始まる！
本体価格1,200円＋税　ISBN978-4-7973-9497-9

平凡な冒険者ヴォルフは、謎の女に託された赤子を自分の娘として育てる。
15年後、最強勇者となるまで成長した娘レミニアは、王宮に仕えることに。離れて暮らす父親を心配したレミニアは、ヴォルフに対してこっそりと強化魔法をかけておいた。
そんなことに気付かないヴォルフはドラゴン退治などを行い、本人の意図せぬところで名声が徐々に広まっていく。

平凡な冒険者が伝説と呼ばれるまでのストーリー、いま開幕！

本体価格1,200円＋税　ISBN978-4-7973-9770-3

World of Palma
ゼロから始める
異世界コンビニ
経営ファンタジー
異世界コンビニ おもてなし 繁盛記
著／鬼ノ城ミヤ
イラスト／シソ
異世界のコンビニは
人情にあふれてます！
零細コンビニ「おもてなし」を孤独に営んでいた田倉良一（タクラ）は、
突然、コンビニごと異世界に転移。
右も左も分からないまま商店街組合に加入したタクラは、
生活のためにコンビニ経営に乗り出す。
コンビニ「おもてなし」には、異世界人にとって珍しいものだらけ。
鬼人族の剣士や猫人族の女職人など亜人種族がやってきて、連日大盛況。
ある日、人見知りの魔術師がやってきて、タクラの運命は急転していく――。

第6回ネット小説大賞 期間中受賞作
絶対にプロサッカー選手になって
あのチームを救うんだ!
素人おっさん、転生サッカーライフを満喫する
著/ハーーナ殿下
イラスト/白蘇ふぁみ
ワールドカップイヤーに贈る、
新感覚スポーツファンタジー小説
幼い頃、交通事故で体に障害を負った
サッカー好き中年サラリーマンのコータは、
事故の後遺症によって31年の生涯に幕を下ろす。
しかし気付くと、なぜか3歳の頃に時間が巻き戻っており、
人生をやり直す奇跡が訪れた。
夢は地元のクラブチームを1部リーグに昇格させること。
遥かなる夢に向けて、コータが今、走り出す!
本体価格1,200円+税　ISBN978-4-7973-9663-8

ツギクルブックス

http://books.tugikuru.jp/

whomor × ツギクル
大切な人を守れるように。
悪役令嬢、旅に出る
～そして彼女は、伝説になる～
ゲームアプリ配信中!!
聖女と近衛とアップルパイ
コンテンツポータルサイト　ツギクル　https://www.tugikuru.jp/

SPECIAL THANKS

「反転の創造主　～最低スキルが反転したら、神のスキルが発動した。生命創造スキルで造る僕の国～」は、コンテンツポータルサイト「ツギクル」などで多くの方に応援いただいております。感謝の意を込めて、一部の方のユーザー名をご紹介いたします。

ゆか
遊紀祐一
いい奈
ラノベの王女様
小太刀

ツギクルAI分析結果

「反転の創造主　～最低スキルが反転したら、神のスキルが発動した。生命創造スキルで造る僕の国～」のジャンル構成は、ファンタジーに続いて、SF、恋愛、ミステリー、歴史・時代、ホラー、現代文学、青春の順番に要素が多い結果となりました。

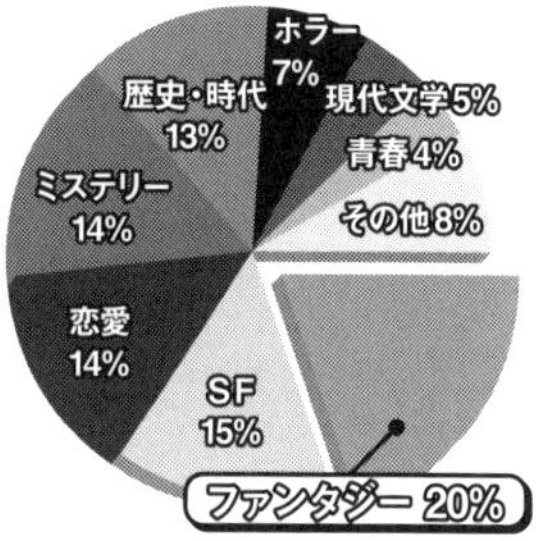

ツギクルブックス

愛読者アンケートに回答してカバーイラストをダウンロード！

愛読者アンケートや本書に関するご意見、円城寺正市先生、蓮禾先生へのファンレターは、下記のURLまたは右のQRコードよりアクセスしてください。
アンケートにご回答いただくとカバーイラストの画像データがダウンロードできますので、壁紙などでご使用ください。
https://books.tugikuru.jp/q/201904/hanten.html

本書は、「小説家になろう」（https://syosetu.com/）に掲載された作品を加筆・改稿のうえ書籍化したものです。

反転《はんてん》の創造主《そうぞうしゅ》 ～最低《さいてい》スキルが反転《はんてん》したら、神《かみ》のスキルが発動《はつどう》した。生命創造《せいめいそうぞう》スキルで造《つく》る僕《ぼく》の国《くに》～

2019年4月25日　初版第1刷発行

著者　円城寺正市《えんじょうじまさいち》

発行人　宇草 亮
発行所　ツギクル株式会社
〒106-0032　東京都港区六本木2-4-5
TEL 03-5549-1184
発売元　SBクリエイティブ株式会社
〒106-0032　東京都港区六本木2-4-5
TEL 03-5549-1201

イラスト　蓮禾
装丁　AFTERGLOW

印刷・製本　中央精版印刷株式会社

ISBN978-4-8156-0204-8
Printed in Japan